S

Katherine Mansfield
Über die Liebe

Aus dem Englischen
von Brigitte Walitzek

Schöffling & Co.

Die Übersetzung dieses Buches wurde freundlicherweise von der Publishers Association of New Zealand gefördert.

BEVOR ES BEI
EUCH HELL WIRD

Erste Auflage 2012

Originaltitel: *Letters of Katherine Mansfield*,
ed. by Vincent O'Sullivan and Margaret Scott, Vol. I–V
& Katherine Mansfield, *Notebooks*, ed. by Margaret Scott
Originalverlag: Clarendon Press, Oxford 1984–2008
& University of Minnesota Press, Minneapolis 2002
Zusammenstellung: Ida Schöffling

Umschlagfoto: Katherine Mansfield, mit freundlicher
Genehmigung der Alexander Turnbull Library, Wellington,
Neuseeland
Satz: Fotosatz Amann, Aichstetten
Druck & Bindung: Pustet, Regensburg
ISBN 978-3-89561-248-0

www.schoeffling.de

Inhalt

Katherine Mansfield und die Liebe

Kathleen Mansfield Beauchamp, die sich später Katherine Mansfield nannte, wurde am 14. Oktober 1888 in Wellington, Neuseeland geboren. Ihre Eltern – beide Einwanderer in zweiter Generation – waren seit vier Jahren verheiratet, zwei Schwestern, Vera und Charlotte – »Chaddie« –, waren bereits 1885 und 1887 geboren worden. Annie Beauchamp war eine zarte Frau, die noch drei weitere Kinder zur Welt brachte, von denen eines kurz nach der Geburt starb. Jeanne wurde 1892 geboren und der ersehnte Sohn Leslie Heron Beauchamp im Jahre 1894. Katherine Mansfields Vater, Harold Beauchamp, war ein liebevoller Gatte, ein erfolgreicher Geschäftsmann, den man später zum Direktor der Bank von Neuseeland bestellte, und noch zu Lebzeiten seiner dritten Tochter der sechstreichste Mann des Landes.

Liebe, Aufmerksamkeit und Geborgenheit erfuhr »Kass« (die ganze Familie liebte es, immer neue Kose- und Spitznamen füreinander zu finden) in der Kindheit von ihrer Großmutter Granny Dyer, die den Haushalt mit der Familie teilte. Die beiden älteren Mädchen waren niedlich, adrett und höflich, Jeanne war ein Sonnenschein und Leslie – »Bogey« – »Chummie« –, der kleine Bruder, wurde von allen verwöhnt und geliebt. Dazwischen saß Kass, ein dickliches, störrisches Kind, an dem die Kleider, die den Schwestern so gut standen, wie Kartoffelsäcke hingen, die stotterte und alles andere als ein gefälliges Kind war. Als ihre Eltern 1898 von einer neunmonatigen Auslandsreise zurückkamen, bemerkte ihre Mutter kühl und für jedermann hörbar: »Nun, Kathleen, wie ich sehe, bist du immer noch so dick wie zuvor.«

Kass, die sich selbst »als fünftes Rad am Wagen« sah, begann früh, sich Anerkennung und Liebe außerhalb der Familie zu suchen. Schon in der Dorfschule hatte sie einen Aufsatzwettbewerb gewonnen, mit neun Jahren veröffentlichte sie ihre erste Geschichte im *High School Reporter*. In der Privatschule von Miss Swainson, in die die drei Beauchamp-Mädchen ab 1899 gingen, lernte sie die märchenhaft reiche und schöne Maori-Prinzessin Maata Mahupuku kennen, in die sie sich später leidenschaftlich verliebte. Ihre Liebe, und das galt nicht nur für Maata, war besitzergreifend und fordernd.

Mit den Früchten ihrer Lektüre provozierte sie die Lehrer: »Ich habe alles über freie Liebe gelesen, was meinen Sie denn dazu?« Das machte sie nicht beliebt.

1902 lernte Kathleen den ein Jahr jüngeren Cellisten Thomas (der sich Arnold nannte) Trowell kennen. Als Erstes verliebte sie sich in das Instrument, erhielt Cello-Unterricht bei Trowells Vater (und kleidete sich fortan in braune, zur Farbe des Instruments passende Kleider), danach beschloss sie, sich in Arnold zu verlieben, und sie fasste eine Karriere als Musikerin ins Auge. Arnold wurde über mehrere Jahre im Tagebuch und in nie abgeschickten Briefen angeschwärmt und zum Held der späteren Erzählung *Juliet*. Um dem talentierten Arnold und seinem Zwillingsbruder Garnet, der Geige spielte, eine angemessene Ausbildung zu ermöglichen, schlossen sich die reichsten Familien Wellingtons zusammen und brachten eine Summe auf, die ein Studium in Europa ermöglichte. Auch Harold Beauchamp war unter den Spendern, und vielleicht brachte ihn das auf die Idee, seinen Töchtern ebenfalls eine angemessene Ausbildung zu ermöglichen, die es selbstverständlich nur im »Mutterland« gab.

Und so reisten Anfang 1902 die drei ältesten Beauchamp-Mädchen in Begleitung der gesamten Familie nach England, um in dem renommierten Queen's College in London ihre Studien aufzunehmen.

Kathleens erste Freundin wurde ihre Cousine Sylvia Payne, die sie zu ihrer Vertrauten erklärte und mit überschwänglichen Briefen bedachte. Mit der schüchternen Ida Baker, die ebenfalls im Queen's College studierte, machte sie eine Eroberung für das ganze Leben. In dem Moment, als Kathleen sie barsch fragte: »Wollen wir Freundinnen sein?« wurde sie zu ihrer Bewunderin, auf die

Kathleen sich immer verlassen konnte. Ida bot Freundschaft und Hilfe unaufgefordert an und verschwand bereitwillig, wenn sie nicht mehr gebraucht wurde. Auf Anweisung ihrer Freundin vernichtete Ida Baker fast alle Briefe Mansfields; die wenigen erhaltenen sind sachlich, oft beleidigend und auf seltsame Weise unpersönlich. Mansfield verabscheute es, in Phasen ihrer Krankheit von ihr abhängig zu sein, Bakers emotionale Abhängigkeit störte sie ebenso.

»Ich finde es so wesentlich, dass alle Frauen eine *bestimmte* Zukunft haben – Die Vorstellung stillzusitzen und auf einen Ehemann zu warten ist ganz und gar abstoßend«, schrieb die siebzehnjährige Kathleen an ihre Freundin Sylvia Payne, und mit dem Wahlspruch ihres Säulenheiligen Oscar Wilde »Die einzige Art, eine Versuchung loszuwerden, ist, ihr nachzugeben« zog die junge Frau widerwillig nach Neuseeland zurück, entschlossen, sich nichts im Leben entgehen zu lassen. Mit ihrer Offenheit und der kompromisslosen Bereitschaft, alles auszuprobieren, bezauberte sie Männer und Frauen. Sie verführte die acht Jahre ältere Illustratorin Edith Bendall und gab sich der schönen Freundin Maata hin.

Ihr Ziel, nach London zurückzugehen und eine Karriere als freie Schriftstellerin zu beginnen, verfolgte sie mit Entschiedenheit. »Möchtest Du nicht auch lauter unterschiedliche Arten von Leben ausprobieren – eins allein ist so winzig – aber das ist das Befriedigende am Schreiben, man kann so viele

Menschen verkörpern«, fragte sie ihre Freundin Sylvia.

Fast neunzig Jahre später sagte Jane Campion, die Regisseurin des Films *Das Piano* in einem Interview: »Die Freudlosigkeit und Enge auf Neuseeland ist schwer auszuhalten. Jeder kennt jeden und weiß mehr über einen als man selbst. Es gibt dort keine Anerkennung für junge Künstler. Deshalb wollen alle weg.«

Am 1. Oktober 1907 erschienen in der Monatszeitschrift *Native Companion* drei *Vignettes* genannte Arbeiten von K. Mansfield, die mit einem Scheck über zwei Pfund honoriert wurden.

Diese und drei weitere Veröffentlichungen gaben den Ausschlag, dass Sir Harold seiner nach Freiheit strebenden Tochter schließlich die Erlaubnis zur Abreise gab und ihr eine Summe von 100 Pfund pro Jahr aussetzte.

Kaum in London angekommen, suchte sich Kass bei den Eltern des noch immer angebeteten Arnold Trowell eine Ersatzfamilie und verliebte sich Hals über Kopf in den schüchternen Bruder Garnet. Über einige Monate wurde er zum Adressaten heftiger Liebesbriefe, dann nahm sie plötzlich den Antrag des Musiklehrers George Bowden an, heiratete ihn und verließ ihn am selben Abend.

Die Nachricht der überstürzten Hochzeit brachte Annie Beauchamp auf den Plan, die sich unverzüglich auf den Weg nach London machte und ihre Tochter kurzerhand nach Bad Wörishofen verfrachtete, wo Garnets Kind bei einer Frühgeburt tot zur Welt kam. »Ich muß streiten, um vergessen zu können: ich muß bekämpfen, um mich selbst wieder achten zu können. Ich muß mich nützlich machen, um wieder an das Leben glauben zu können«, schrieb sie 1909 in deutscher Sprache in ihr Tagebuch.

Die verhängnisvollste Liebe ihres Lebens lernte die Schriftstellerin, die sich nun Katherine Mansfield nannte und ihre Beobachtungen des deutschen Kurbetriebs in ironischen Skizzen festhielt, in der Gestalt des polnischen Übersetzers Floryan Sobieniowski kennen. Er infizierte sie mit Gonorrhö, und als sie 1910 nach England zurückkam, begann ihr auswegloser Kampf gegen die nicht erkannte Krankheit, die ihr Immunsystem schließlich derart schwächte, dass sie der Tuberkulose keine Abwehrkräfte entgegenzusetzen hatte.

Aber ihre in Deutschland entstandenen Erzählungen erschienen nach und nach in der angesehenen Zeitschrift *New Age*, und sie kostete die neu gewonnene Freiheit in vollen Zügen aus. Über die wilden, exzentrischen Monate, in denen sie sich allen möglichen romantischen und leidenschaftlichen Beziehungen hingab, gibt es kaum Dokumente, da sie ihre »langen, klagenden Tagebücher« vernichtete.

Mit dem Erscheinen ihres ersten Erzählungsbandes *In einer deutschen Pension* lernte sie den etwas jüngeren Literaturkritiker John Middleton Murry kennen, den sie Jack oder, nach ihrem Bruder, »Bogey« nannte. Sie waren schon bald ein Liebespaar, lebten und arbeiteten zusammen für die Literaturzeitschriften, die Murry mit mäßigem finanziellen Erfolg herausgab. Ihre gemeinsamen Jahre wurden überschattet von der Krankheit, die Mansfield mehr und mehr zwang, die Winter außerhalb Englands zu verbringen, und zu der miserablen körperlichen Verfassung kam ständiger Geldmangel, der beide zermürbte und reichlich Stoff für Auseinandersetzungen bot. 1915 führten diese dazu, dass sie eine Trennung von Murry erwog, weil sie sich in den französischen Schriftsteller und Kritiker Francis Carco verliebt hatte. Unter abenteuerlichen Umständen, die sie zweifelsohne genoss, reiste sie durch das französische Kriegsgebiet, um sich mit ihm zu treffen. Damit war die Liaison aber auch schon zu Ende, und sie konzentrierte sich mit ihren Gefühlen wieder auf Murry.

Im September 1915 kam ihr geliebter Bruder Leslie nach England, um seine Offiziersausbildung zu absolvieren. In ihren gemeinsamen Gesprächen erinnerten sie sich an die Kindheit, an die Schönheit der Heimat, an die Liebe, die sie schon als Kinder füreinander empfunden hatten. Als Leslie kurz darauf bei einer Handgranatenexplosion zu Tode kam, schwor sie, nur noch für ihn schreiben zu wollen – »von der Dunkelheit, vom Wind – & der Sonne & den Nebeln, von Werften – ah! von allem, was du geliebt hast & was auch ich liebe und fühle … Jetzt werde ich dir ganz nahe kommen, deine Hand nehmen, und wir werden einander diese Geschichte erzählen.«

Prélude hieß diese erste große Neuseeland-Geschichte, mit der sie ihren Ruhm begründete und sich ihren Platz in der Weltliteratur sicherte.

In den Londoner Literatenkreisen hatte Katherine Mansfield rasch Fuß gefaßt. Sie hatte D.H. Lawrence und seine Frau Frieda über Murrys Zeitschrift kennengelernt, sie wohnten zeitweilig nah zusammen, und ihre Freundschaft war tief, wenn auch nicht frei von Turbulenzen. Über die Gönnerin und Förderin der Künste, Lady Ottoline Morrell, fand sie Zugang zu der legendären »Bloomsbury-Group« um Virginia und Leonard Woolf, die in ihrer Hogarth Press *Prélude* veröffentlichten. Auch Virginia und Lady Ottoline bot sie ihre Freundschaft und Liebe an, sie flirtete mit Lytton Strachey und Bertrand Russell, und in dem Exilrussen Samuel Koteliansky, mit dem sie die Briefe Tschechows übersetzte, fand sie einen Verehrer und treuen Freund, den sie wie einen Bruder liebte.

Kurz nachdem 1918 ihre Scheidung rechtskräftig geworden war, heirateten Katherine Mansfield und John Middleton Murry. »Neulich habe ich Katherine Middleton Murry gesehen«, schrieb Virginia Woolf an Lady Ottoline Morrell, »sehr krank, glaube ich, aber unergründlich und sehr faszinierend. Nachdem ich ihr ziemlich zugesetzt hatte, gab sie schließlich zu, dass sie über ihre Heirat wahnsinnig glücklich sei, doch aus irgendeinem Grund behauptete sie dann, dass heiraten ebenso belanglos sei, wie eine Putzfrau zu engagieren.«

Verheiratet zu sein änderte wenig in Katherine

Mansfields Leben, außer, dass sie offiziell nicht mehr Mrs. George Bowden war. Ansonsten waren die Murrys häufiger getrennt als zuvor, denn Katherines Krankheit machte es unumgänglich, dass sie sich fast ganzjährig in Italien oder der Schweiz aufhalten mußte. Wenn auch ihre unzähligen klagenden Liebesbriefe an Murry dagegensprechen, war es doch für beide ein glückliches Arrangement, denn sie konnte ihrer Arbeit besser nachgehen, wenn sie von Ida Baker versorgt wurde und sich nicht um ihn sorgen mußte, und er ertrug es nicht, ihren zunehmenden körperlichen Verfall mit ansehen zu müssen.

Katherine Mansfields Briefe an Murry, die er nach ihrem Tod sehr schnell und sehr gekürzt herausgab (was er in späteren Ausgaben teilweise revidierte), sind von eindringlicher Schönheit und Heiterkeit, nur manchmal nahm die Einsamkeit überhand, und sie forderte mehr von Murry, als er zu geben in der Lage war. Ihr Tagebuch – von dem die amerikanische Schriftstellerin Dorothy Parker, deren Hauptcharakterzug sicher nicht das Mitleid war, sagte, es sei das traurigste Buch, das sie je gelesen hätte – zeigt unverhüllt die andere Mansfield: die mit sich ringende Schriftstellerin, die Einsame, die schrecklich Kranke, deren Liebesverlangen ebensowenig zu erfüllen war wie das der Kollegin Sylvia Plath.

Nach einer Reihe erfolgloser Behandlungen starb Katherine Mansfield am 9. Januar 1923 in Fontainebleau. Die Inschrift auf ihrem Grabstein lautet:

Katherine Mansfield
Gattin des
John Middleton Murry

Als ob das den Ruhm dieser leidenschaftlichen Schriftstellerin, die so gerne und nur so kurz gelebt hat, ausmacht.

Ida Schöffling

1903

An Sylvia Payne[1]

The Retreat[2]
Bexley – Kent.
23/Xii/03

Liebste Sylvia –

ich möchte Dir an diesem Nachmittag schreiben, und hier bin ich – und wundere mich kein bisschen über mich selbst, ich wusste, dass ich nicht warten würde, bis Du schreibst. Wieso sollten wir Zeit verlieren, einander kennenzulernen, wenn wir bereits so viel verloren haben.

Ich kann Dir nicht sagen, wie leid es mir tut, dass ich Dich nicht wiedersehen werde. Ich mag Dich weit mehr als jedes andere Mädchen, das ich in England kennengelernt habe & scheine Dich weniger zu sehen. Wir stehen einfach nur auf der Schwelle zum Herzen der anderen und gelangen nie wirklich hinein. Mit ›Herz‹ meine ich nur dies. Mein Herz ist ein Ort, zu dem alles, was ich liebe (gleich ob in der Phantasie oder in Wirklichkeit) freien Zugang hat. Dort verwahre ich meine Erinnerungen, all mein Glück und meinen Kummer, und es gibt darin einen großen Bereich mit der

Aufschrift »*Träume*«. Es gibt viele viele Menschen, die ich sehr mag, aber im Allgemeinen haben sie nur Zutritt zu meinen öffentlich zugänglichen Räumen, und sie nennen mich falsch und verrückt und launisch. Ich würde ihnen um nichts auf der Welt zeigen, wie ich wirklich bin. Sie würden mich vermutlich nur für noch verrückter halten –

Ich wäre froh, wir könnten einander kennen, damit ich sagen könnte: »Sylvia ist eine meiner *besten* Freundinnen.« Denk nicht, dass ich die Hälfte von dem, wie ich auf andere Leute wirke und was ich zu ihnen sage, wirklich meine. Ich weiß nicht, wieso ich so selten ich selbst bin. Wahrscheinlich halte ich mein Ich zu eng umfangen. Meinst du nicht auch? Nicht etwa, dass dieses Ich schön oder kostbar wäre. Bislang ist es nur ein sehr formloses, nacktes schmuckloses Ding. Heute morgen war ich schrecklich wütend – Es ging um meine Musik. Gestern bekam ich von Tom[3] ein Konzert als Weihnachtsgeschenk und probierte es heute morgen mit Vera [Beauchamp] aus. Sie *zählte laut* und sagte *falsch falsch* und nannte mich ein Ekel und sagte dann, sie würde Tante Louie[4] sagen, ich hätte sie übel beschimpft. Wenn ich das jetzt lese, muss ich lachen. Aber als es passierte, war ich geradezu *krank* vor Wut. So viel zu meinem vortrefflichen Temperament!!

Es ist jetzt still hier. Ich bin allein in meinem Zimmer. Dankst Du Gott nicht auch für die Stille. Ich schon. Wenn sie bloß dauern könnte. Irgendetwas stört sie immer. Irgendwo draußen ruft ein

Vogel , aber trotz alledem tut es mir leid, sehr leid, London verlassen zu haben. Ich mag es so sehr. Nächstes Trimester werde ich wirklich hart arbeiten. Ich MUSS – ich bin so schrecklich faul und eingebildet.

Wieso ich diesen Brief geschrieben habe, weiß ich nicht. Verzeih mir, Liebes. Ich wage nicht, ihn noch einmal durchzulesen. Wenn ich es täte, würde ich ihn verbrennen. Auf Wiedersehen für den Moment. Ich bitte Dich, schreib bald an

Deine dich sehr liebende Freundin
Kathleen

[*Auf der Rückseite des letzten Blatts*]

Privat.
Falls Dir absurd oder vergnügt zumute ist,
lies das hier nicht.
Privat.

Silvesterabend. Es ist 12.30. Alle Glocken in den Dorfkirchen läuten. Ein weiteres Jahr ist angebrochen. Jetzt, am Anfang dieses Neuen Jahres, mein Liebster[5], nehme ich mir vor, mein Buch zu beginnen. Es wird überhaupt nicht großartig oder dramatisch sein, sondern einfach nur alles, was ich gemacht habe. Du, der Du so fern bist, weißt so wenig von dem, was sich bei mir ereignet, und es ist eigensüchtig von mir, Dir nicht mehr zu erzählen – Ich bin gerade von einem Mitternachtsgottesdienst zurückgekommen – Es war sehr schön & feierlich. Die Luft draußen war kalt und belebend und die Nacht wunderschön. Die Natur hatte zärtlich einen Schleier über alle Wälder & Wiesen gebreitet, um sie vor dem Frost zu schützen, aber die Bäume hoben sich dunkel und schön vor einem klaren, sternenübersäten Himmel ab. Die Kirche sah heute Abend wirklich einem Haus Gottes entsprechend aus. Sie sah so unerschütterlich aus, so unbesiegbar, so gastlich. (Es waren viele viele Leute da) Erst während des stillen Gebets fasste ich den Entschluss, das hier zu schreiben – Ich werde dieses Jahr versuchen, ein anderer Mensch zu sein, und ich möchte am Ende dieses Jahres sehen, ob ich alles eingehalten habe, was ich mir heute Abend geschworen habe. In einem Jahr geschieht so viel. Man mag so viel Gutes beabsichtigen und so wenig tun – Ich schreibe dies beim Schein eines winzigen Gasfünkchens, und ich habe nur einen Morgenmantel an – sehr dékolletiert. Ich bin so müde, ich glaube, ich muss ins Bett. Morgen wird der 1. Januar sein. Was für eine wundervolle und herrliche Welt dies ist. Heute Nacht danke ich Gott dafür, dass ich *bin*.

1907

1. Juni 1907. Day's Bay.[6]

Und noch eine Veränderung. Ich sitze in dem kleinen, ärmlichen Wohnzimmer – dem einzigen Raum, den es im Cottage gibt, abgesehen von einem kabinenähnlichen Schlafzimmer mit Etagenbetten, und einem Nebengebäude komplett mit einem Bad, und einem Holzkeller, Kohlenkeller. Auf der einen Seite erstreckt sich das Meer bis an den Hof, auf der anderen Seite wächst der Busch dicht hinab bis fast an meine Haustür.

Sonntagabend.

[…] Sie[7] ist müde. Die letzte Nacht habe ich in ihren Armen verbracht, und heute Nacht hasse ich sie – was interpretiert bedeutet, dass ich sie anbete, dass ich nicht in meinem Bett liegen kann, ohne die Magie ihres Körpers zu spüren. Was bedeutet, dass Sex mir wie nichts vorkommt. Ich empfinde all die sogenannten sexuellen Impulse bei ihr viel intensiver, als bei irgendwelchen Männern. Sie fesselt, versklavt mich, und ihr äußerliches Ich, ihr Körper schlechthin, ist Gegenstand meiner Anbetung. Ich habe das Gefühl, den Kopf auf ihre Brust zu legen bedeutet zu fühlen, was das Leben bereithalten kann. All meine Sorgen, meine leidigen Ängste, werden hinweggefegt. Verschwunden sind die Erinnerungen an Caesar & Adonis, verschwunden die schreckliche Banalität meines Lebens. Nichts bleibt, als die Zuflucht ihrer Arme. Und natürlich hätte ich das alles vor einer Woche ertragen können, weil ich nicht wusste, was es wirklich heißt, zu lieben & geliebt zu werden, leidenschaftlich zu verehren – aber jetzt habe ich das Gefühl, wenn sie mir vorenthalten wird, muss ich – wird meine Seele hinaus auf die Straßen ziehen und nach der Liebe eines zufälligen Fremden lechzen, und betteln & beten um ein bisschen des kostbaren Gifts. Ich bin halb verrückt vor Liebe. Sie ist gegenwärtig ganz entschieden – sogar mehr als meine Musik – alles für mich. Und jetzt geht sie. Die Vorahnung ist zur Erkenntnis geworden – es hat sich herausgestellt, dass die Seifenblase ein Feengespinst ist. Und es ist wirklich meine letzte Erfahrung dieser Art – meine letzte – ich kann es nicht länger ertragen. Es mordet wahrhaftig meine Seele, jedes Mal empfinde ich es tiefer, denn jedes Mal wird mir die Wunde erneut zugefügt und das Messer bohrt sich in neues Fleisch und lässt die Qualen im alten wieder aufleben.

Neben mir brennt die ruhige Flamme der Kerze – golden und wie eine Blüte – aber wenn ich lange genug hier sitze, wird sie schrumpfen und flackern & verlöschen. Und so ist das Leben, und so ist, insbesondere, die Liebe – ein vages, kurzlebiges, flüchtiges Ding, & hager & furchtbar starrt mir der Pessimismus ins Gesicht, & ich klammere mich an alte Illusionen. Ich bin verliebt in Regenbögen & Kristallgläser. Der Regenbogen verblasst & das Glas zerspringt in 1000 diamantene Splitter. Wo sind sie verstreut – in der Unermesslichkeit des Himmels, in den vier himmlichen Windrichtungen – dahin – – –

In meinem Leben – so viel Liebe in der Vorstellung, in der Realität 18 unfruchtbare Jahre. Niemals reine, spontane, liebevolle Eingebung. Adonis war – wage ich es, mein Herz zu erforschen – nichts als eine Pose. Und jetzt kommt sie, und an sie gekuschelt, mich an ihre Hände klammernd, ihr Gesicht an meinem, bin ich Kind, Frau, und mehr als halber Mann.

Draußen schäumt das Meer mit dem Klang perfekter Harmonie ganz und gar über die karge Ödnis aus grauem Sand & massivem Fels. Genau dasselbe hat sie getan. Ich habe das kühle, heilende Dahintreiben auf dem Wasser gespürt, das Glätten der rauen Stellen, die weiße Gischt, die grüne Kühle, und nun wieder gleißende Sonne & eine verzweifelte Kargheit. Ich kann nicht schlafen; ich werde nie wieder schlafen. Es ist Wahnsinn, ich weiß, aber es ist zu real für geistige Normalität, es ist zu unerwartet unglaublich, um angezweifelt zu werden. Wieder einmal muss ich diesen Wechsel der Gezeiten ertragen – mein Leben ist ein Rosenkranz der erbitterten Kämpfe für zwei, beide durch die mächtige, magnetische Kette des Sex aneinandergebunden. Und am Ende hängt – gewisslich – das Emblem des Gekreuzigten – – – Ich weiß es nicht & und möchte nicht nachsehen, aber ich bin so erstarrt vor Kummer, dass ich das Gefühl habe, ich kann meinen harten Kurs, zu lieben und nicht geliebt zu werden, nicht fortsetzen – Liebe zu geben, nur um zu erleben, wie sie mir ins Gesicht geschleudert wird, verblasst, wurmstichig. Pah! Welches ist der nächste Schritt, frage ich mich – mein Tod, meine Resignation, oder meine Passivität. Es wird nicht dauern. Ich tue das Schicksal mit einem verächtlichen Fingerschnippen ab. Ich werde nicht zur Musik der Marionetten tanzen. Zum Teufel damit! Wahrscheinlich geht es vorbei. Ich kann nicht tragisch bleiben?

Und dann schlichen Geräusche so nahe heran, dass ich ins Schlafzimmer zurückging, & mich im Dunkeln aus dem Fenster beugte. Sie schlief friedlich. Ich konnte sie nicht wecken – ich versuchte es, aber vergeblich, und mit jedem Augenblick schien mein Entsetzen vor allem größer zu werden. Sogar der Zaun rund um das Grundstück wurde zu etwas Furchtbarem. Als ich die Pfosten ansah, verwandelten sie sich in grässliche Gestalten von Chinesen[8] – überaus lebendig und furchtbar. Sie lehnten sich lässig gegen nichts, die Beine übereinandergeschlagen, mit den Köpfen ruckend. Es war furchtbar kalt. Ich beugte mich weiter hinaus und beobachtete eine Gestalt – sie beugte sich vor & äffte mich nach & zappelte, dann rollte der Kopf davon & unter das Haus – er rollte immer im Kreis:

als schwarzer Ball – eine Katze vielleicht – hüpfte er in den leeren Raum. Ich sah zu der Gestalt zurück – sie war gekreuzigt, hing leblos, aber feixend, vor mir. Tiefste Stille – das alles war zu furchtbar. Ich zog meinen Morgenmantel & meine Hausschuhe aus & setzte mich auf die Bettkante, zitternd, halb in Tränen, hysterisch vor Kummer. Irgendwie wurde sie wach, & kam stumm zu mir herüber, zog mich wieder in die Zuflucht ihrer Arme. Wir legten uns immer noch schweigend gemeinsam nieder, und hin & wieder drückte sie mich an sich, küsste mich, mein Kopf auf ihren Brüsten, ihre Hände um meinen Körper, die mich liebevoll streichelten, mich wärmten, […]-ten, mir wieder mehr Leben zu geben. Dann flüsterte ihre Stimme »Ist es jetzt besser Liebling?« Ich konnte nicht mit Worten antworten. Und wieder »Wahrscheinlich kannst du mir nicht sagen…« Ich schmiegte mich eng an ihren warmen, süßen Körper, glücklicher als ich es je war, als ich mir je vorgestellt hätte, es sein zu können, die Vergangenheit erneut begraben – klammerte mich an sie & wünschte mir, die Dunkelheit möge ewig dauern – – –

Nie ist das Gefühl des Besitzens so stark, dachte ich. Hier kann nur eine Person bei ihr sein. Hier kann ich sie durch tausend zarte Einflüsterungen in mich aufnehmen – für den Moment. Was für eine Erfahrung, & als wir in die Stadt zurückkehrten, war es kein Wunder, dass ich nicht schlafen konnte, sondern mich hin & her warf, & mich verzehrte, & erkannte – tausend Dinge, die dunkel gewesen waren – – – O Oscar! [Oscar Wilde] Bin ich ungewöhnlich empfänglich für sexuelle Impulse? Ich muss es vermutlich sein, aber ich jubele. Jetzt will ich, dass sie jedes Mal, wenn ich sie sehe, die Arme um mich legt & mich an sich drückt. Ich glaube, sie will es auch, aber sie hat Angst, & Sitten und Bräuche hindern sie daran, fühle ich. Wir werden wieder wegfahren & weitere Wochenenden […]

Juni 1907.

Es ist gerade acht Uhr. Vielleicht wird er irgendwo auf der Welt gerade wach, oder zieht sich an, oder spielt oder frühstückt – und ich bin hier. Nun denn, Grüße, Caesar, und einen glücklichen Tag für dich. Ein Brief von mir trifft heute in London ein. Es ist außergewöhnlich, so weit von seinem anderen Ich entfernt zu leben und sich doch jeden Tag näher zu fühlen – so empfinde ich es. Alles an ihm scheint klar zu sein – jetzt. Ich denke in jeder und jedweder Situation an ihn, und habe zudem das Gefühl, ihn auch zu verstehen. Er muss immer alles für mich sein – der eine Mann, den ich Meister und auch Geliebter nennen kann, und obwohl ich weiß, dass es in meinem Leben viele faszinierende Verbindungen geben wird, wird keine so sein wie diese – so dauerhaft, so tief, so alles – weil er die Lebensessenz der Musik in meine jungfräuliche Seele gegossen hat – Nie vergeht auch nur eine

Stunde, die frei von seinem Einfluss wäre. Ich liebe ihn – aber ich staune auch, mit meiner ganzen Seele – Und das ist der Kern der ganzen Sache – der Oscar-artige Faden.

Ich möchte diesen Tag auf praktische Weise feiern, indem ich anfange, ein Buch zu schreiben. Jeden Tag, während ich gehe, während ich mich anziehe, während ich spreche, oder sogar bevor ich mein Cello spiele, schweben tausend zärtliche Bilder durch mein Hirn und sind verschwunden. Ich will ein Buch schreiben – das irreal und doch absolut möglich weil außer Frage ist – das in den Herzen der Leser Gefühle entstehen lässt, Empfindungen, die zu lebhaft sind, um keine Wirkung zu zeitigen, das tausend zärtliche Tränen hervorruft, tausend süße Klingeltöne des Gelächters. Ich werde nie etwas versuchen, das auch nur annähernd theatralisch ist, und es muss ultra-modern sein. Ich sitze dicht vor dem Feuer, während ich schreibe, träumerisch, mein Gesicht erhitzt von den Kohlen. Weit weg ruft und ruft ein Dampfer, und – Gott Gott – meine ruhelose Seele.

29. Juni […] Fühlen sich andere Menschen meines Alters auch so absolut intensiv *zügellos*, frage ich mich, so fast körperlich krank. Ich, allein in diesem stillen, von der Uhr ausgefüllten Zimmer, wurde mit Macht – – – Ich will Maata.[9] Ich will sie so, wie ich sie hatte – unbedingt. Es ist unrein, ich weiß, aber wahr. Was für eine außergewöhnliche Sache –

ich komme mir wild und roh vor, und fast mit Macht verliebt in das Kind. Ich hatte gedacht, das gehört der Vergangenheit an. Heigh Ho!!!!!!!! Mein Geist ist wie ein russischer Roman.

An Thomas Trowell[10]

Sonntag, 11. viii. 07

Geliebter – obwohl ich Dich nicht sehe, sollst [Du] wissen, dass ich Dein bin – jeder Gedanke, jedes Gefühl in mir gehört Dir. Ich wache morgens auf und habe von Dir geträumt, und den ganzen Tag über, während mein äußeres Leben stetig, mononton, sogar trostlos abläuft, lebe ich mein inneres Leben mit Dir – in Schüben und Sprüngen – ich gehe – Dich liebend – mit Dir durch jede nur denkbare Gefühlsphase. Für mich bist Du Mann, Geliebter, Künstler, Ehemann, Freund – der mir alles gibt, & ich übereigne Dir alles – alles. Und so ist diese Einsamkeit für mich nicht so schrecklich, weil mein äußeres Leben in Wahrheit nur ein Phantomleben ist – eine Welt nicht greifbarer bedeutungsloser grauer Schatten. Mein inneres Leben pulsiert vor Sonnenschein und Musik & Glück – grenzenlosen gewaltigen unermesslichen Brunnen voller Glück und voll von Dir. Eines Tages werden wir wieder zusammen sein und dann – und erst dann – werde ich mich selbst vergegenwärtigen, werde ich zu mir selbst finden. Denn ich fühle – habe immer gefühlt – dass Du in Deinen Händen just jene letzten Schlusstakte hältst, ohne die das Lied meines Lebens unvollständig ist – denn Du bist für mich notwendiger als alles andere. Nichts spielt eine Rolle, nichts ist, während Du Dich meines Lebens bemächtigst. Oh lass es bleiben, wie es ist. Zerdrücke nicht plötzlich diese einzige schöne Blume. Ich habe Angst, selbst während ich frohlocke.

Aber was immer auch geschieht – auch wenn Du eine andere heiratest, auch wenn wir uns nie wieder begegnen – ich gehöre Dir, wir gehören einander. Und wann immer Du mich willst, sage ich mit meinen beiden Händen – ohne Scham, leidenschaftlich stolz, hochgestimmt, triumphierend, endlich befriedigt – »nimm mich«. Jeden Abend schlafe ich mit Deinen Briefen unter meinem Kopfkissen ein & in der Dunkelheit strecke ich die Hände aus & drücke den dünnen Umschlag eng an meinen Körper, so dass er es dort warm hat, & ich lächele in die Dunkelheit und manchmal schmerzt mein Körper wie vor Müdigkeit – aber ich verstehe.

Kätherine Schönfeld.

1908

[An Thomas Trowell][11]

Vor dem Rathaus, [Wellington]
23. Januar [1908]

Mein lieber Freund –

Die letze woche hat Dr Crosby[12] mir – Ihre »Reverie du Soir« – mitgebrocken – So muss ich etwas schreiben – Ich finde diese Werk so wunderbar schön – so träumerisch – und auch so sehnsuchtsvoll. Hoffentlich, diese Jahre – höre ich Ihr die Reverie du Soir in einer Konzert spielen! Meine gute Freundin Ida Baker hat mir mehrerere Blätter von den Zeitunge gegeben – Was für eine succès merveille. Oftenmals in meinen Gedanken habe ich Ihnen kongratuliert. Ich komme nach England früh in March – Ich hasse Wellington – und – naturlich sehne ich nach London – Haben sie mehrere Journaux von mir gehabt?[13] Und was denken sie von dieser? Warum haben sie mir nicht erzählt! Wie geht Ihren Vater – und auch die Mutter und auch Ihren liebe würdige Schwesterchen? Das Haus – achtzehn Buller Strasse – steht so einsam aus! Mit vielen Grüssen fur diese Jahre 1908.

Ihre Freundin K.

Muss aber Deutsch schreiben. Es giebt so vielen Leuten – der gar nicht diese Sprache kennen!

An Sylvia Payne

Am Meer [Days Bay]
4. März [1908]

Meine liebe Cousine –

Ich schreibe Dir – wie du siehst, endlich einen Brief – weil ich Dir sagen muss – hier, heute Abend, Sylvia – dass ich Dich liebe – viel mehr, als ich Dich in England geliebt habe – dass ich [gerne] – unermesslich gerne – diese Tür weit aufreißen – und Dich am Feuer willkommen heißen möchte – und am tosenden Meer, das sich brechend & schäumend gegen den Zaun rund um das Grundstück wirft.

Der Sommer ist bei uns vorbei – Hagebutten in einem grünen Krug stehen auf dem Tisch – und ein Herbststurm tobt – Das Meer sah nie so hoch aus – so grimmig – Es prallt mit einem Geräusch wie Donner gegen die Felsen. Letzte Nacht lag ich in meiner Koje. Ich konnte nicht schlafen – Ich dachte an Dich. Ist Dir klar – frage ich mich – Cousine – wie Deine Stimme mich bei den Swanwick-Treffen[14] bezauberte. Ich kann nicht genau definieren, was ich meine – aber es gab mir immer das Gefühl, dass ich Dir wirklich sehr nahe war – Als ich schlief, träumte ich, ich sei zurückgekommen, um das College zu besuchen – das einzige Mädchen, das ich in der Bibliothek kannte, war Marjory – sie war überhaupt nicht überrascht, mich zu sehen – Ich sehe sie jetzt – wie sie das Band in ihren Haaren zurückschiebt – du weißt schon, auf diese Art, die sie hatte – und ich fragte nach Dir – Sie sagte, du seist bei Tudge[15] – und dann sah ich Dich im Wartezimmer am Fenster stehen – Mein Liebes – Ich hatte das Gefühl, ich müsste loslaufen und die Arme um Dich legen und einfach nur »*Sylvia*« sagen, aber du nicktest & gingst weg – und ich rührte mich nicht –

Es war ein schrecklicher Traum.

Wie viel geschehen ist, seit wir beide in New Barnet[16] zusammen zum Bahnhof gingen. Mein Leben war so seltsam – voll von *Kummer* – oder Aufregung – oder Abscheu oder Glück. In einem Jahr so viel gelebt zu haben! Und ich habe keine einzige Freundschaft geschlossen. Es hat keinen Sinn. Ich kann männliche Freunde haben – sie beharren darauf, etwas anderes zu verlangen. Weißt Du Sylvia, dass *fünf* Männer gefragt haben, ob ich sie heiraten will. Und jetzt wirst du diesen Brief sinken lassen und sagen »Kass ist eine zweite Sylvia Gifford«[17], aber es ist die idiotische Wahrheit – ich habe gelesen – Französisch & Englisch – geschrieben und in letzter Zeit eine Vielzahl von Bällen erlebt – und sie geliebt – und Dinners und Empfänge. Sie haben eine völlig andere Bedeutung für mich jetzt – und hier. Ich habe Mein Erstes Buch fertig.[18] Wenn es nie veröffentlicht wird – wirst Du mit mir über seine Absurditäten lachen. Außerdem hoffe ich, nächsten Monat nach London aufzubrechen – Es ist nicht unklug von mir – es ist das Einzige, was zu tun ist. Ich kann nicht mit Vater leben – und ich muss zurückkommen, weil ich weiß, dass ich erfolgreich sein werde – beachte den großartigen tragischen Optimismus der Jugend! Eines Tages – musst du bitte meinen Bruder[19] kennenlernen. Er kennt dich sehr gut – und er und ich haben vor, zusammenzuleben – später. Ich hätte es mir nie träumen lassen, ein Kind so zu lieben, wie ich diesen Jungen liebe. Lach nicht über mich, wenn ich Dir sage, dass ich ihm gegenüber so mütterlich empfinde. Er ist unglaublich liebevoll und empfindsam – er liest sehr viel – zeichnet mit dem zartesten mitfühlendsten Strich – und ist doch durch und durch ein mutiger gesunder Junge. Lass mich nicht über ihn schreiben – er ist im Internat – und wenn ich nächsten Monat zurückreise, sehen wir uns vielleicht jahrelang nicht –

Ich höre, ständig, von Ida.[20] Du weißt, ich liebe sie wirklich sehr – ich bin – Sylvia – die am komplettesten unbefriedigende enttäuschende – *langweilige* Freundin, die man sich nur vorstellen kann – und wenn wir uns wiedersehen, wirst Du denken – es reicht – cela suffit – Chaddie[21] & ich leben – mit unserem Hausmädchen – allein in diesem kleinen Cottage auf den Felsen. Es hat nur drei

Zimmer – zwei Schlafzimmer mit Kojen – und ein geräumiges Wohnzimmer – Wir hatten uns beide elend krank gefühlt – und von Wellington gelangweilt – oh, das taedium vitae[22], das man mit 19 Jahren empfindet! und sind deshalb hergekommen – wo wir schwimmen und rudern und im Busch oder am Meer spazieren gehen – und lesen – und ich schreibe – während sie sich der sanften Kunst der Herstellung von Kamisolen widmet. Man könnte hier nicht einsam sein – ich scheine es mit jedem Tag mehr zu lieben – und das Meer ist für mich eine kontinuierlich neue Sensation. Unser Leben ist absolut frei – absolut glücklich – und unser Hausmädchen – Sylvia – wir sterben einfach vor Lachen – Sie liest jetzt Marie Corelli[23] – ich brauche wohl nicht zu erwähnen, dass Miss Corelli ihr Messias ist – und sie behandelt Chaddie und mich wie ein wenig lästige Babys – Ach, komm doch – meine Freundin & verbring eine Woche mit mir – Hast Du ein Zehntel meiner gekabelten Nachrichten erhalten? Ich habe nicht das Gefühl, auch nur einen Tag von Dir fort zu sein. Jetzt spüre ich, wie Deine Hand meine umfasst – aber die *vergeudeten* Jahre, in denen wir Freundinnen hätten sein können. Aber ich hatte damals immer Angst – & habe sie auch jetzt – dass Du mich nicht kennst – & dass Du mich, wenn Du mich kennst – hassen wirst.

Trotzdem – Sylvia – Ich liebe Dich – sehr innig – und werde es immer tun.

Kass

Mai 1908

Hier also eine kleine Zusammenfassung dessen, was ich brauche – Stärke, Geld und Freiheit. Es ist die hoffnungslos abgeschmackte Doktrin, dass die Liebe das einzige auf der Welt ist, Frauen von Generation zu Generation eingebläut und eingehämmert, die uns so schrecklich hemmt. Wir müssen dieses Schreckgespenst loswerden – und dann, dann haben wir die Chance, Glück und Freiheit zu finden.

An Garnet Trowell[24]

[Beauchamp Lodge, Warwick Crescent][25]
Samstag-Abend.
[3. Oktober 1908]

Liebster – wenn wir in unserem eigenen Zuhause wären – würden wir vor einem offenen Fenster auf dem Sofa liegen – beobachten, wie der Mond die Herbstbäume in *unserem* Garten vergoldet – glücklich beim Gedanken an die lange Nacht, die vor uns liegt – und die Tage und Nächte von – wie vielen Jahren – die wir miteinander verbringen können. Ich bin sicher, wir würden beide rauchen, und ich habe irgendwie das Gefühl, wir würden Kaffee trinken – keine gute Idee zu dieser späten Stunde – wie Du weißt! Und der warme Abendwind würde die

Vorhänge leise hin und her bewegen. Wir würden still liegen, flüsternd oder schweigend, bis, plötzlich – – mon dieu, *ich* weiß – Du auch?

Mein armer Junge! Was für eine lange Reise morgen vor Dir liegt.[26] Ich hoffe, es ist nicht so erstickend heiß wie in London. Ich fürchte, Du wirst sehr müde sein; bitte pass auf Dein kostbares Ich auf. […]

Heute Abend kamen meine Neuseeland-Briefe; sie deprimieren mich immer auf merkwürdige Weise. Der Schatten des alten Lebens scheint über mich zu kriechen, und ich fühle mich so distanziert von ihnen – sie haben mir schmerzlich weh getan. Aber Vera sagt »Nie sind wir eine so glücklich vereinte Familie gewesen«, also *sollte* ich mich vermutlich freuen.

Geliebter, ich will einzig und allein Dich. Wenn ich an Dich denke, könnte ich fast weinen vor Sehnsucht nach der Zuflucht Deiner Arme. Ich liebe Dich – ich liebe Dich, und niemand sonst auf der Welt hat eine Bedeutung – und ich kann nichts dagegen tun, dass ich Deine Notwendigkeit, mein Liebling, jeden Tag mehr empfinde. Ich *brauche* Dich so sehr. Ich möchte zu Dir kommen, ich möchte, dass Du zu mir kommst. Du musst in sechs Wochen nach Hause kommen. Wann wirst Du es definitiv wissen? Weihnachten ist zu weit weg, Liebster. Wenn sich meine Geduld bis dahin erstrecken müsste, würde sie mit Sicherheit reißen. Dabei ist das Unsinn, ich könnte fünfzig Jahre auf Dich warten.

Nun, Liebster, es ist so spät, Du solltest lieber die Fenster und Türen schließen. Ich werde zu Bett gehen – komm bald. Ich fühle mich heute Abend einsam, und doch fast ungestüm leidenschaftlich. Lass uns gemeinsam die Treppe hinaufgehen und einen Blick in Doll's[27] Zimmer werfen – sie schläft. Und in Deinen Armen liegend stelle ich mir vor, dass die Welt im Gleichklang mit dem Pochen unserer Herzen schlägt. Ich liebe Dich – ich liebe Dich, leidenschaftlich, mit meiner ganzen Seele und meinem ganzen Körper.

Gute Nacht, Liebling

Kass

An Garnet Trowell

[Paris]
Samstag Abend.
[24 Oktober 1908]

Mein liebster Junge –

Dein Brief gestern Abend hat mich so verzaubert, aber gleichzeitig gibt es auch das starke Gefühl – die Dummheit unserer Trennung. Weißt Du, dass ich mich tatsächlich, merkwürdigerweise, mit Dir verheiratet fühle –, dass ich am Sonntag nach London zurückfahren und Dich am Bahnhof vorfinden werde – Oh, mein Liebling, könnte es nur so sein – wir würden, glaube ich – die Themse im wahrsten Sinne des Wortes in Flammen setzen mit unserer leidenschaftlichen Liebe und Freude – Denn wirklich, Liebster, ich liebe Dich nun so sehr – sieh Dir das törichte drittletzte Wort an, aber ich habe Dich immer geliebt – ich liebe Dich so gänzlich, dass ich das Gefühl habe – vor allem an den Abenden und nachts – dass ich ohne Dich nicht ruhen kann. Ach Garnet – mein prachtvoller Wundervoller Ehemann, jeden Tag, so scheint es, pflücke ich die Blüten vom Baum der Liebe, und jeden Tag erblühen an ihrer Stelle neue und wundervollere Blumen – ich habe das Gefühl, Du und ich sind durch tausend tausend Dinge aneinander gebunden. Oh, aber wenn Du *nach Hause* kommst. Ich habe wirklich das Gefühl, dass meine Liebe zu Dir so gewachsen ist, seit Du weggingst, dass ich Dir so viel mehr geben kann – ich dachte nicht, dass sie wachsen könnte, aber sie hat es getan, und tut es noch – comprends tu? Liebling, reine Worte und ein französischer Federhalter können all das, was ich meine, niemals ausdrücken – aber ich *liebe* und *liebe* Dich. Wie schön die Brücke über den [Firth of] Forth[28] sein muss – ich bin froh, dass Du keine zehn Meilen zu Fuß zurückgehen musstest – Deine Briefe sind unglaublich deskriptiv – Eines Tages werde ich zu Dir kommen und Dich um Hilfe ersuchen – und wir werden gemeinsam ein Buch schreiben – ein Buch der Liebe, nicht?[29]

Den gestrigen Tag haben wir in Versailles verbracht – wir sind ziemlich früh am Morgen mit der Straßenbahn losgefahren – durch Paris – am Fluss entlang – durch die Tore – vorbei an St. Cloud – und hinaus in die wunderschöne französische Landschaft und dann zum Palast und Park. Zurückblickend habe ich das Gefühl, dass ich so viel Schönheit nur geträumt haben kann – die Bilder – die Räume, die Louis xv mit dem Lebensblut der Menschen vergoldete – die von Madame de Maintenon erbaute Kapelle, um »den Palast zu reinigen«! das Theater, in dem Madame de Pompadour mit Louis xv saß – die Statuen – die Ballsäle – und mehr als alles andere – die wundervollen Gärten und Brunnen – Alleen aus Kastanienbäumen, Liebling, die mit der Glut des Herbstes rot-bronzen flammten – und zwischen ihnen diese unglaublichen Marmorfiguren – Apollo – Venus – die vier Jahreszeiten – Amor – etc etc. Dann der Apollo-Brunnen – der Neptun-Brunnen – der Brunnen, wo Latona, schön wie eine Blume dargestellt – die Bewohner eines Dorfes in Frösche & Echsen & Schildkröten verwandelt[30] – die Apollo-Grotte, von Bäumen gesäumt – und ein Teich, auf dem gelbe Blätter wie Sonnenlicht funkelten – die grünen Rasenflächen – und immer die unglaublichen Distanz-Effekte – man hat das Gefühl, es ist eine ewig magische Welt – dass Versailles tatsächlich der Jagdgrund von Göttern & Göttinnen ist. Es war schon am Tag voller Geister, wie *sie* wohl bei Nacht wären!! Wir verließen den Park am Abend – draußen fand ein großer Jahrmarkt statt. Lange, strahlend erleuchtete Buden, die mir das Gefühl gaben, ein Kind zu sein – vor allem die Spielsachen und die Lebkuchenfrösche – und Drachen und Kuchen und Bücher und Süßigkeiten. Ich habe Dir ein kleines Päckchen der faszinierendsten Dinge gekauft, das ich Dir von London aus schicken werde – Hatte das Gefühl, wir zwei kauften sie gemeinsam – und der eigenartige kleine alte Franzose schien sich so über meine Begeisterung zu freuen, dass er mir mit Band umwickelt eine beängstigende und wundervolle confiserie zum Geschenk machte – Wir kamen hierher zurück, aßen zu Abend, gingen zu einem Empfang, wo ich auf einem Sofa saß und mich bis nach elf mit einem englischen Marine-Lieutenant unterhielt, und ich armes Kind war so müde & ennuyée, dass ich fast ›doppelt sah‹ – kennst Du diesen Grad der Müdigkeit? Ich kam nach Hause, mein Liebling, und ging zu Bett und dachte an Dich – träumte die ganze Nacht hindurch von Dir. Heute war ich am Arc de Triomphe und ganz oben auf Notre Dame – und am Grab von Napoleon und im [Jardin du] Luxembourg – ich bin sehr müde von so viel Schönheit und faszinierenden neuen Gedanken & Ideen.

Das Leben, mein Ehemann, erscheint mir jeden Tag erfüllter & lebenswerter. Ich empfinde – Dich liebend – ein so intensives Existenzgefühl. Mein nächster Brief wird wieder aus London kommen. Es tut mir mehr als leid, Paris verlassen zu müssen. Es ist wirklich leicht, sich vorzustellen, was Paris bedeutet – Und es ist eine Stadt für – – – Dich & mich. Wie malerisch alles ist – die Menschen – und nachts vom Oberdeck einer Straßenbahn – das beleuchtete Innere der Häuser – Du kennst die Wirkung – Menschen, die an einem von einer Lampe beschienenen Tisch sitzen – ein kleines, heimeliges Café – eine Wäscherei – ein Porzellanladen – oder an den Ecken die alten Kastanienverkäufer – die Italiener, die Figürchen der Venus von Milo verkaufen – & Napoléon encore Napoléon. Ich sehe uns in vielleicht zwei kleinen Zimmern hoch oben im Quartier Latin – wie wir am Abend aufbrechen – Arm in Arm – und alles sehen und, weil wir zusammen sind – tausend Mal mehr. Ich sehe uns nachts nach Hause kommen – und vor einem Holzfeuer sitzen – Kaffee und Zigaretten – die Fensterläden geschlossen – die Lampe auf dem offenen Tisch – wie die Sonne auf einer grünen Welt – & *Du & ich* – die Welt ausgeschlossen – und dennoch in unserer Hand – Ich liebe Dich zu sehr, als dass ich es wagte, mir das alles wirklich bildlich vorzustellen –

Es ist spät. Hoch über den Dächern – wir sind im fünften Stock – schwebt der Klang von Glocken – sehr seltsam zu dieser Stunde – gespenstisch – wie Glocken, die man in verlassenen Kirchen auf dem Meeresgrund hört – – – – verstehst du?[31] Ich muss ins Bett gehen – Wir reisen morgen ab, also muss ich früh aufstehen & packen. Liebling – Du wirst morgen ebenfalls reisen[32] – bon voyage – Ach, wann wirst Du mit Sicherheit nach

London kommen, 23. November oder vorher – – – – J'attends.

Gute Nacht – Liebster-auf-der-ganzen-Welt. Ich küsse Dich – Oh, dem Himmel sei Dank für Briefe – sie sind mein einer grande Trost – Denk nur – Ich liebe Dich für immer mit aller Kraft, die ich besitze – Geliebter – ich bin Dein. Nie werde ich Dir mehr gehören als jetzt – es ist unmöglich – wie man sich aber dennoch danach sehnt, das Band zu besiegeln. Ah, ich *liebe* Dich.

Kass

An Garnet Trowell

44, KEYHAM TERRACE, H.M.DOCKYARD,/DEVONPORT.
Sonntagmorgen.
[8. November 1908]

Mein Liebster –

ich bin allein im Haus; ein kalter Tag & alle sind in die Kirche gegangen – aber ich habe ein wunderbares Feuer und bin viel glücklicher. [...]

Oh, Garnet, wie kommt es, dass wir die heftigen Gefühle so sehr lieben? Ich glaube, weil sie uns mit einem so intensiven *Lebens*-Gefühl erfüllen – einem wilden Glauben an unsere Existenz. Eins kann ich nicht ertragen und das ist das Mittelmäßige – ich möchte das Leben immer ganz fest im

Griff haben, so dass ich die sogenannten kleinen Dinge intensivieren kann – so dass alles wahrhaft bedeutsam ist. Im Winter – über einen stillen Garten hinauszublicken – Zunächst möchte ich dieses Gefühl der Einsamkeit haben, so [für? diese] Einfachheit des Kargen – und *dann* möchte ich immer sehen können, wie die Blumen aus der braunen Erde hervorgesprossen kommen. Es ist die oberflächliche Einstellung, die die Kunst mordet, immer. Gib dem Leben ein wenig Aufmerksamkeit, ein wenig Begeisterung – und es sagt »Tausch ist kein Raub«, & verteilt mit vollen Armen Schätze. Nun gut, mit der Liebe ist es genau dasselbe. Je mehr Du mir gibst, desto mehr habe ich das Gefühl, dass Du mein Wesen bereicherst, so dass ich Dir mehr geben kann.

Letzte Nacht träumte ich, wir wären gestern Abend zusammen in einem Tschaikowski-Konzert gewesen. Und während einer Violinen-Passage, schnell & schrecklich – sah ich zu meinem Entsetzen einen großen Schwarm schwarzer Vögel mit ausladenden Schwingen – die kreischend über das Orchester flogen – es ist ziemlich seltsam – im wachen Zustand kann ich das sehen – auch in einem großen Teil seiner Musik – Du nicht auch? Oh, die Musik, die Musik – Oh, mein Geliebter – die *Welten*, die uns gehören – die *Universen*, die wir erforschen können – wir zwei, mein Liebster, werden das unter seiner Umhüllung verborgene Herz des Lebens finden – wie die goldenen Samen einer Rose unter tausend scharlachroten Blütenblättern.

Ich liebe Dich. Ich liebe Dich. So ist es. Ich wandere hilflos durch eine Burg mit vergitterten Fenstern, verschlossenen Türen. Zuletzt komme ich an die Tore – und Du hast sie aufgeschlossen und Du bist da. Ich gebe Dir die Schlüssel – und Du sagst »Es ist so einfach, so ist es.« Nachdem Du eine Tür meiner Burg aufgeschlossen hast – fliegen alle anderen für Dich auf. Behalte meine Schlüssel. Was nutzen sie mir – sie sind Dein. Ich gehöre Dir.

Dich liebend

Kass.

1913

An J. M. Murry[33]

[›The Gables‹,[34] Cholesbury, Buckinghamshire]
[? April 1913]

Lieber Jack.

Dies ist nur ein ›Guten Morgen‹ – für Dich.

Es war ein warmer, freundlicher Tag hier – sehr ruhig. Kaum dass Du weg warst, fiel das Haus in einen tiefen Schlaf und weigert sich, vor nächstem Freitag aufzuwachen oder auch nur im Traum zu lächeln. Ich habe das Gefühl, schon sehr lange hier zu sein – und dass es Neuseeland ist. Ich bin sehr glücklich, Liebling. Aber wenn Du mir in den Sinn kommst, verweigere ich Dir den Zutritt, schnell, schnell. Ich müsste sehr lange Zeit von Dir weg sein, bevor ich es ertragen könnte, an Dich zu denken. Verstehst Du, wenn ich nicht bei Dir bin, ist jede Kleinigkeit an Dir wie ein flammendes Schwert –

[*Brief unvollständig*]

An J. M. Murry

[›The Gables‹, Cholesbury]
[? Mai-Juni 1913]

Bin ich eine so schlimme Tyrannin – mein lieber Jack – oder sagst Du das hauptsächlich, um mich zu necken? Vermutlich bin ich eine schlechte Hauswirtschafterin & das Haus scheint so viel Zeit in Anspruch zu nehmen, wenn sich niemand mit irgendeiner Art Methode darum kümmert. Ich meine … wenn ich zweimal saubermachen oder zusätzliche unnötige Dinge abwaschen muss, werde ich entsetzlich ungeduldig und möchte arbeiten. Diese Woche habe ich Dich und Gordon[35] so oft miteinander reden hören, während ich den Abwasch machte. Gut, irgendjemand muss den Abwasch machen & für das Essen sorgen. Wenn nicht – »außer Eiern ist nichts Essbares im Haus.« Ja, ich hasse hasse HASSE es, diese Dinge zu tun, die Du genauso selbstverständlich hinnimmst, wie alle Männer sie von ihren Frauen selbstverständlich hinnehmen. Ich kann die Bedienstete wirklich nur sehr unleidlich spielen. Das alles ist ja schön und gut für Frauen, die nichts anderes zu tun haben … & dann sagst Du, ich bin eine Tyrannin & wunderst Dich, weil ich abends müde bin! Das Problem mit Frauen wie mir ist – sie können ihre Gedanken nicht von der anstehenden Arbeit trennen – & am Montag, wenn Du & Gordon & Lesley[36] weg seid, wandere ich umher, schwirren mir die Geister von Töpfen & Primuskochern im Kopf herum & »wird es denn auch für alle reichen« ... & wie Du rufst (egal was ich gerade tue, *Tig* – gibt es denn keinen Tee. Es ist fünf Uhr.) Als wäre ich ein saumseliges Hausmädchen!

Ich verabscheue mich heute selbst. Ich hasse diese Frau, die Dich »bevormundet« und herumrennt und mit den Türen knallt & Wasser verschüttet – durch und durch unordentlich mit ihrer heraushängenden Bluse & ihren schmutzigen Fingernägeln. Ich bin angewidert & abgestoßen von der Kreatur, die Dich anschreit »Du könntest wenigstens den Mülleimer ausleeren & die Teekanne ausspülen!« Ja, kein Wunder, dass Du Dich »stumm gibst«.

Ach Jack, ich wünschte, ein Wunder würde geschehen – dass Du mich in die Arme nehmen & meine Hände & mein Gesicht & jeden Teil von mir küssen & sagen würdest »es ist gut – mein Liebes. Ich verstehe.«

Wahrscheinlich liegt das alles nur am Geld.

Aber ich liebe Dich & ich fühle mich gleichzeitig gedemütigt & stolz. Dass Du *nicht* siehst – dass du *nicht* verstehst und mich dennoch liebst, gibt mir Rätsel auf – – –

Wirst du mich am Mittwochabend gegen 10.30 im Café Royale[37] treffen. Wenn Du nicht da sein kannst, lass es mich bis Mittwochmorgen wissen ... Ich werde in die ›57‹[38] kommen und dort schlafen wenn ich darf, obwohl ich *nicht* dort lebe.

Jack – Jack – Jack.

Deine Frau
Tig.[39]

[Quer über die Seite]
3 Rezensionen morgen.)

An J. M. Murry

[›The Gables‹, Cholesbury]
[Juni 1913]

Jack, Liebster –

ich habe deine Brille gestern abgeschickt – sorgfältig genug – so hoffe ich – eingepackt. Danke für das Geld:[40] Ich werde wieder damit anfangen, strengstens Buch über jeden Penny zu führen, den ich ausgebe & dann werden wir sehen, wo die Schraube locker ist oder der Schuh drückt – oder was immer es ist.

Als ich gestern Abend ins Bett stieg, wollte das Bett mich nicht haben, & ich purzelte auf den Boden, die Füße hoch in der Luft. Ich war erschrocken, musste aber auch lachen – & als ich einmal angefangen hatte, konnte ich nicht mehr aufhören –

Es kam mir unendlich komisch vor, in der ›profunden Stille der Juninacht‹, wie R.C.[41] es nennen würde, ganz allein zu sein und diesen uralten Streich gespielt zu bekommen!

»Mrs Walter« ist heute hier und wir haben saubere Schürzen von Kopf bis Fuß. Eine solche Erleichterung, dass ich wieder meine Rezensionen geschrieben & meinen Epilog[42] angefangen habe. Heute morgen habe ich mir Baby Gomm angesehen. Er bekam gerade die Brust. Eigentlich ein so hübscher Anblick. Aber Mrs Goms[43] spitzes verhärmtes Gesicht über ihm erfüllte mich irgendwie mit Grauen.

Du armer Liebling! Mir zu so ›unmöglicher Zeit‹ schreiben zu müssen. Nun, setz Dich durch & »lass Dich hängen, wenn es sein muss.« Ich würde lieber auf die Nachmittagspost warten oder bis Du das Gefühl hast, ›Ich möchte mit Tig reden‹ – Also behandele mich in Zukunft so. Ich rufe Dich an, wenn ich morgen in London ankomme, aber ich weiß, dass Mittwoch Dein geschäftiger Tag ist & ich möchte Dich unter keinen Umständen stören.

Die Dinge in meinem Kopf sind klarer geworden & ich schäme mich ein wenig, weil ich Dir gesagt habe – was ich gestern sagte. Es klingt in meinem Ohren ziemlich wie das Greinen eines kleinen Mädchens, das auf dem Zaun zurückgelassen wurde – – – mehr Verärgerung als sonst etwas. Ich küsse Deine Augen und Deine weichen pelzigen Ohren und Deinen geliebten, beängstigenden Mund –

Ich bin Deine
Tig

Café Royal 10.30, wenn ich morgen nichts von Dir höre.

1914

24. März Mutters Geburtstag. Ich wurde um 2 Uhr wach und stand auf und setzte mich auf die Fensterbank und dachte an sie. Ich würde sie und die kleine Runzel zwischen ihren Brauen so gern wiedersehen und ihre Stimme hören. Aber ich glaube nicht, dass ich sie jemals wiedersehen werde. Meine Erinnerung an sie ist so vollständig, dass ich nicht denke, dass sie beeinträchtigt werden könnte.[44] […]

25. März Ida und ich waren heute meilenweit unterwegs. Wir saßen in einem Bus und unterhielten uns, und wenn ich hin und wieder aufblickte, sah ich jedesmal die Plätze mit Blättern wie Schmetterlinge, bereit, wegzufliegen. Wir trafen uns in der Nähe unserer alten Lieblingsorte – Queen Anne Street – und nahmen eine der kleinen Gassen und Abkürzungen, die wir so gut kennen – Seite an Seite, redend. »Lass mich deinen Schleier festmachen«, und ich bleibe stehen; sie macht ihn fest und wir gehen weiter. Im persischen Geschäft lehnte sie sich an einen rot-schwarzen Seidenvorhang. Sie war sehr blass, und ihr schwarzer Hut sah riesig aus, und sie wollte mir ständig ›diese

Sachen – fühl nur, wie weich sie sind‹ kaufen, und lächelte und sprach vor lauter Müdigkeit so leise wie ein Hauch.

1915

9 Samstag [Januar]

Jack ist in die Stadt gefahren. Ich arbeitete ein wenig – verscheuchte die Hühner – ein braunes Huhn weigerte sich, den Garten zu verlassen. Lange nachdem es *wusste*, dass es keine Lücke im Drahtzaun gibt, rannte es immer noch auf und ab. Ich darf das alles nicht vergessen, auch nicht, wie kalt es war und wie der Matsch meine dünnen Schuhe überkrustete. Abends Lawrence & Kot.[45] Sie sprachen über Pläne, aber ich war der ganzen Angelegenheit gegenüber *sehr* antagonistisch. Als sie gegangen waren, lagen Jack & ich im Bett, sehr verliebt – seltsam verliebt. Alles zwischen uns klar gemacht. Es war absolut wundervoll. Wir gaben einander auf merkwürdige Weise unsere Freiheit. Ich hatte solche Sehnsucht, Jack zu küssen und Auf Wiedersehen Liebster zu sagen – ich weiß nicht genau wieso. Ich drückte seine Wange gegen meine & und er fühlte sich klein an & ich empfand eine solche Liebe, dass es weh tat. Dann sagte ich plötzlich, was denkst du, und er sagte, ich dachte, du seist weggegangen & Campbell & Frieda kamen, um es mir zu sagen – & ich war kein bisschen bestürzt oder überrascht. (Als Lawrence heute

Abend zufällig F's[46] Namen erwähnte, durchfuhr es mich wie ein Messer.)

14 Donnerstag [Januar]

Bekam einen Brief von F, in dem er mich bittet zu kommen – der wundervollste Brief, den er mir je geschickt hat. Ich nahm ihn mit nach London. Und dachte den ganzen Tag an nichts anderes – es ermüdete mich & erfrischte mich & dann war ich wieder müde. Sah Palliser[47] & sah [Henry] Gordon [Campbell]. Der Tag war viel zu kurz. Kaufte Jacks Banjo. Nahm eine Kutsche nach Hause. Ich stellte mir vor, er sei bei mir. Ja, ich war den ganzen Tag lang verliebt und auch in der Nacht & völlig übermüdet. Jack versetzte dem Banjo einen Tritt.

17 Sonntag [Januar]

Jack erzählte mir von Queenie. Ein schöner Tag. Machten einen Spaziergang & sahen Regenpfeifer auf einer Wiese. Aber der Wind war furchtbar. Ich hätte Millionen Meilen gehen können. Gestern habe ich Gordon *Tapfere Liebe* vorgelesen. Er hat meine Arbeit in den höchsten Tönen gelobt. War den ganzen Tag mit dem anderen weit weg von J. Nachts liebten wir uns in seinem Zimmer. Als ich die Augen schloss & meine Wange einen Moment an seine schmiegte, *träumte* ich. Es war entsetzlich. Ich hatte das Gefühl, F betrogen zu haben & schlief so gut wie gar nicht.

21. Jan. Ich bin unten im Wohnzimmer. Draußen heult der Wind, aber hier ist es so warm & angenehm. Es sieht aus wie ein richtiges Zimmer, in dem richtige Menschen gelebt haben. Mein Nähkorb steht auf dem Tisch, unter dem Bücherregal lugen J's alte Hausschuhe hervor. Der schwarze Sessel, halb im Schatten, sieht aus, als hätte ein glücklicher Mensch es sich dort bequem gemacht. Es gab Hammelbraten & Zwiebelsoße & gebackenen Reis zum Essen. *Klingt* gut. Ich habe auf die gute heimische Art Bänder mit einer Haarnadel durch meine Unterwäsche gezogen – aber mein ängstliches Herz frisst meinen Körper auf, frisst meine Nerven auf, frisst mein Gehirn auf, mal langsam, mal mit ungeheuerlicher Geschwindigkeit. Ich spüre, wie dieses Gift meine Adern langsam ausfüllt – jedes Teilchen wird langsam in Mitleidenschaft gezogen. Ja, eine Liebe wie diese ist eine Krankheit, ein Fieber, ein Sturm. Sie ist fast wie Hass, man ist so erhitzt davon & niemals, niemals ruhig – nicht für einen Augenblick. Ich weiß noch, wie ich vor Jahren sagte, ich wünschte, ich wäre einer dieser glücklichen Menschen, die *bis hierhin* leiden können & dann zusammenbrechen, oder völlig erschöpft sind – aber ich bin das genaue Gegenteil. Je mehr ich leide, desto mehr hitzige Energie habe ich, es zu ertragen. Liebling Liebling!

20. Februar 1915[48]

[…] Dann das lange, gemächliche Abendessen. Ich sagte kaum ein Wort. Als wir hinausgingen, schimmerten Sterne durch hauchzarte Wolkenfetzen, und ein Mond hing wie eine Kerzenflamme über dem Kirchturm. In unserem Zimmer brannte ein Feuer und eine winzige Lampe stand auf dem Tisch. Das Feuer warf seinen flackernden Schein über die weiße Holzdecke. Es war, als befänden wir uns auf einem Boot. Überwältigt von der diskreten kleinen Lampe flüsterten wir nur. Auf die natürlichste Weise zogen wir uns am Ofen langsam aus. F. schwang sich ins Bett. Es ist kalt, sagte ich. »Nein, gar nicht. Viens ma bebe, hab keine Angst. Die Wellen sind ganz klein.« Mit seinem lachenden Gesicht & seinen hübschen Haaren, eine Hand mit einem Armreif auf den Laken, sah er aus wie ein Mädchen. Aber seine Gamaschen zu sehen, seine schmale schwarze Krawatte & das Gefühl seines Flanellhemds – & der Säbel, der große hässliche Säbel, der, aber nicht zwischen uns, auf einem Stuhl lag.

Der Liebesakt wirkte irgendwie ziemlich beiläufig, wir redeten so viel. Es war so warm & herrlich, in die Arme des anderen gekuschelt zu liegen, im Licht der winzigen Lampe *le fils de Maeterlinck*, nur die Uhr & das Feuer zu hören. Ein ganzes Leben verging in der Nacht: andere Menschen, andere Dinge, aber wir lagen leise hustend wie 2 alte Leutchen unter dem Federbett und lachten einander an, und reisten nach Indien, nach Südamerika, nach Marseille in dem weißen Boot & dann redeten wir über Paris & ab und zu verlor ich ihn in einer Menschenmenge & es war dunkel & beängstigend, &

dann war er wieder in meinen Armen & wir küssten uns. (Hier ist er. Ich kenne seinen Schritt.)

Ich erinnere mich, dass er vom Meer seiner Kindheit sprach, wie klar es war: wie er sich über das Pier beugte & es beobachtete & die Fische und Muscheln schimmerten[49] – und dann seine Geschichte ›Le lapin blanc‹. Schließlich kam der Tag & Vögel sangen & ich sah erneut die rosa Margeriten an der Wand. Er war tres paresseux. Er lag auf dem Bauch & wollte nicht aufstehen. Nicht einmal auf mein 1.2.3 hin, und dann zitterte er & fühlte sich krank und hatte Fieber und Halsschmerzen und Schüttelfrost. Dennoch wusch er sich gewissenhaft und zog sich an & schließlich sah ich wieder die blaue & rote Vision von meinem bébé – & dann einen verschwommenen Eindruck von ihm durch die Jalousie. [...] (Es hat gerade drei geschlagen. Er kann nicht vor fünf hier sein.)

An J. M. Murry

[13 quai aux Fleurs]
[? 7. Mai 1915]

[...]

Heute setzte ich meinen Spaziergang fort und kam zu einem kleinen Garten hinter Notre Dame. Die rosa und weiß blühenden Bäume waren so schön, dass ich mich auf eine Bank setzte. In der Mitte des Gartens gab es einen Rasen und ein Marmorbecken. Spatzen, die ein Bad nahmen, verwandelten das Becken in einen Springbrungen und Tauben spazierten durch das samtige Gras und putzten ihr Gefieder. Jede Bank und jeder Stuhl war von einer Mutter oder einem Kindermädchen oder einem Großvater besetzt, und unsicher tapsende Kleinkinder mit Spaten und Eimern buken Sandkuchen oder füllten ihre Eimer mit heruntergefallenen Kastanienblüten oder warfen die Mützen ihrer Großväter auf den verbotenen Rasen. Und dann kam ein chinesisches Kindermädchen mit 2 kleinen Kindern im Schlepptau. Oh, sie war ein merkwürdiges kleines Ding in ihrer grünen Hose und ihrer schwarzen Tunika, einen kleinen, eng anliegenden Turban auf den Kopf gedrückt. Sie setzte sich mit ihrem Stopfzeug und zwitscherte die ganze Zeit über ununterbrochen wie ein Vögelchen und blinzelte zu den Kindern hinüber und zog die Stopfnadel durch ihren Turban. Aber als ich sie lange Zeit beobachtet hatte, ging mir auf, dass ich mich mitten in einem Traum befand. Wieso habe ich kein richtiges »Zuhause«, kein richtiges Leben – Wieso habe ich kein chinesisches Kindermädchen mit grüner Hose und zwei Kinder, die zu mir gelaufen kommen und meine Knie umklammern – ich bin kein Mädchen mehr – ich bin eine Frau. Ich *will* Dinge. Werde ich sie je bekommen? Den ganzen Morgen zu schreiben und dann das Mittagessen schnell hinter sich zu bringen und am Nachmittag wieder zu schreiben & zu Abend zu essen und gemeinsam *eine* Zigarette zu rauchen und dann wieder allein zu sein, bis es Zeit ist, ins Bett zu gehen – und diese ganze Liebe und Freude, die nach einer Ausdrucksmöglichkeit verlangen – und dieses ganze Leben, das vertrocknet wie Milch in einer alten Brust. Oh, ich will das Leben – ich will Freunde und Menschen und ein Haus. Ich will geben und ausgeben (die Ersparnisse auf der Postsparkasse ausgenommen, Liebling.)

Tig.

An Leslie Beauchamp,[50]

SELFRIDGE & CO.LTD./OXFORD STREET,/LONDON-W.
THE LOUNGE, READING AND WRITING ROOMS,
Mittwoch 1915
[25. August 1915]

Liebster,

ich habe einen kurzen Moment Zeit & will ihn nutzen, um Dir eine Zeile zukommen zu lassen – Seit letzten Sonntag bist Du mir in meinen Gedanken immer nah. Es hat mir unglaublich viel bedeutet, Dich zu sehen und wieder mit Dir zusammen zu sein, und ich war so schrecklich stolz auf Dich – das weißt Du – aber ich liebe es, es zu sagen. Das Schlimmste ist jedoch, dass ich immer weit *mehr* mit Dir zusammen sein will, und für so lange, dass wir über die »Präliminarien« hinauskommen und ein wenig zusammen leben können.

Mit dieser Post habe ich von Mutter gehört. Sie war sehr guter Dinge & sagt, sie hat so glückliche Briefe von Dir bekommen. Wieder wollte sie Neuigkeiten aus erster Hand über Dich erfahren, also habe ich ihr mit dieser Post geschrieben & ihr genau das erzählt, was ich gerne hören würde, wenn ich sie wäre. Sie ist ein Schatz und ihre Persönlichkeit in ihren Briefen bezaubert mich.

Kennst Du Tage, an denen Dein Herz sich zu groß anfühlt? Wenn ich heute eine Flagge oder ein kleines Kind oder einen alten Bettler sehe, wird mir das Herz weit und ich könnte vor Freude weinen. Sehr absurd – ich bin schließlich 26, wie Du weißt – Das hier ist kein Brief. Es sind nur meine Arme, die Dich für eine schnelle Minute umfangen.

Deine
Katie

Abend.[51]

Oktober 1915 sie gehen im Garten in der Acacia Road auf und ab. Es ist dämmrig; die Astern sind hell wie Federn. Vom alten Obstbaum am unteren Ende des Gartens – dem schlanken Baum, fast wie eine Pappel – fällt eine kleine runde Birne, hart wie ein Stein. Hast du das gehört, Katie? Kannst du sie finden? Wahrhaftiger – dieses vertraute Geräusch. Ihre Hände bewegen sich durch das dünne nasse Gras. Er hebt sie auf und poliert sie unbewusst, wie früher, mit seinem Taschentuch. Erinnerst du dich an die enormen Mengen von Birnen, die es früher an dem alten Baum gab.

Unten beim Veilchenbeet.

Und wie wir nach einem Südsturm mit Wäschekörben loszogen, um sie aufzulesen.

Und wie sie, während wir uns bückten, immer noch herabfielen und uns auf Rücken & Köpfe prasselten. Und wie weit sie verstreut waren – unglaublich weit, unter den Veilchenblättern, die Treppe hinunter, sogar ganz unten auf dem Lilienrasen haben wir sie gefunden, ins Gras hineingetreten. Und wie schnell die Ameisen sich darüber hermachten – Ich kann dieses kleine runde Loch mit einer Art Rand aus braunem Pfeffer drumherum selbst jetzt noch sehen.

Weißt du, ich habe seitdem nie wieder ähnliche Birnen gesehen.

Sie waren so leuchtend – kanariengelb, & klein. Und die Schale war so dünn und die Kerne kohlkohlrabenschwarz.

Erst zog man den kleinen Stiel heraus & lutschte ihn ab. Er war leicht säuerlich & dann aß man sie immer von oben – Gehäuse & alles.

Die Kerne waren köstlich.

Weißt du noch, wie wir auf der rosa Gartenbank gesessen haben.

Ich werde diese rosa Gartenbank nie vergessen.

Sie ist für mich die einzige Gartenbank. Wo sie jetzt wohl ist. Meinst du, im Himmel werden wir darauf sitzen dürfen. Sie hat immer ein bisschen gewackelt & für gewöhnlich war eine Schneckenspur darauf. Auf dieser Bank zu sitzen, mit den Beinen zu baumeln & die Birnen zu essen.

Aber ist es nicht unglaublich, wie *tief* unser Glück war – wie positiv – tief, schimmernd, warm. Ich weiß noch, wie wir einander ansahen & lächelten – du auch? Ein Geheimnis teilten – was für eins?

Ich glaube, es war das Familiengefühl. Wir waren fast wie ein einziges Kind. Ich sehe uns immer gemeinsam herumgehen, gemeinsam Dinge mit denselben Augen ansehen, diskutieren. Genau das habe ich wieder empfunden – gerade jetzt – als wir nach der Birne im Gras suchten.

Ich weiß noch, wie wir mit den Händen durch die Veilchenblätter gefahren sind. Oh, dieser Garten!

Weißt du noch, dass einige der Birnen, die wir fanden, Spuren von kleinen Zähnen aufwiesen.

Ja.

Wer hat hineingebissen.

Es war immer ein Rätsel.

Er legt den Arm um sie. Sie gehen auf und ab. Ein dünner runder Mond fällt auf den Birnbaum & die Efeumauern des Gartens glitzern wie Metall. Die Luft riecht frostig, schwer, sehr kalt.

Eines Tages, wenn alles vorbei ist, werden wir dorthin zurückgehen.

Wir werden gemeinsam zurückgehen.

Und alles finden.

Alles.

Sie lehnt sich an seine Schulter. Das Mondlicht wird intensiver. Jetzt stehen sie vor der Rückseite des Hauses. Ein Rechteck aus Licht in einem Fenster.

Gib mir deine Hand. Du weißt, ich werde hier immer eine Fremde sein.

Ja, Liebling, ich weiß.

Lass uns noch einmal auf & ab gehen & dann gehen wir hinein.

Sie ist so seltsam – meine absolute Gewissheit, dass ich zurückkommen werde. Ich habe das Gefühl, es ist so sicher wie diese Birne.

Das Gefühl habe ich auch.

Ich könnte unmöglich nicht zurückkommen, du kennst das Gefühl doch. Es ist schrecklich geheimnisvoll.

Ihre Schatten auf dem Gras sind lang & fremd. Ein eigenartiger Windstoß flüstert im Efeu und der alte Mond überhaucht sie mit Silber. Sie zittert.

Dir ist kalt.

Schrecklich kalt.

Er legt den Arm um sie. Plötzlich küsst er sie.

Auf Wiedersehen, Liebling.

Ah wieso sagst du das!

Liebling auf Wiedersehen – auf Wiedersehen – – –

29. Oktober 1915:

Wach auf, wach auf! mein kleiner Junge.

Ein diesiger, diesiger Abend. Ich möchte die Tatsache festhalten, dass ich nicht nur keine Angst vor dem Tod habe – ich heiße die Idee des Todes willkommen. Ich glaube an die Unsterblichkeit, weil er nicht hier ist und ich mich danach sehne, bei ihm zu sein. Zuerst, mein Liebling, muss ich für uns beide Dinge erledigen und dann werde ich so schnell ich kann zu dir kommen. Liebstes Herz, ich weiß, dass du dort bist und ich lebe mit dir – und ich werde für dich schreiben. Andere Menschen sind in der Nähe, aber sie sind mir nicht nah – nur zu dir gehöre ich, so wie *du* zu mir gehörst. Niemand weiß, wie oft ich bei dir bin. Tatsächlich bin ich immer bei dir und ich beginne zu fühlen, dass *du* weißt – dass ich, wenn ich dieses Haus und diesen Ort verlasse, es mit dir tue & ich werde niemals wieder, nicht einmal für den kürzesten Zeitraum, von dir fort sein. Du weißt, ich kann nie wieder Jacks Geliebte sein. Du hast mich, du bist in meinem Fleisch und in meiner Seele. Ich gebe Jack meine ›überschüssige‹ Liebe, aber an dir halte ich mich fest und dir gebe ich meine tiefste Liebe. Jack ist nicht mehr als – – – als irgendwer sein könnte.

An S. S. Koteliansky[52]

GRAND BAR DE LA SAMARITAINE
1, RUE DE LA REPUBLIQUE, 1
& QUAI DU PORT, 2
MARSEILLE[53]
19ième Novembre 1915

Koteliansky, mein Lieber,

Ich war mehrmals kurz davor, Dir zu schreiben, aber – hatte entweder nicht die Zeit oder den Platz oder irgendetwas. *Das Geschäftliche zuerst*. Ich habe eine der Mützen meines Bruders in einer Schublade oben in seinem Zimmer vergessen. Würdest Du sie bitte holen und sicher für mich aufbewahren. Außerdem wollte ich Dir für Dein Zimmer die *Felldecke* aus meinem Wohnzimmer geben – Du weißt, welche ich meine. Ich möchte nicht, dass die Farbmanns[54] sie benutzen und ich möchte, dass Du sie für mich aufbewahrst. Leg sie auf Dein Bett. Sie ist so warm und sieht so schön aus und fühlt sich so schön an. Sag Sarah[55], dass ich Dir geschrieben und Dich gebeten habe, sie mir zu schicken – BITTE tu das. Das ist alles – außer dass unsere Adresse c/o Thomas Cook + Sons, Touristenagentur, Rue de Noailles, Marseille lautet – Wir werden dort *entweder* unter dem Namen Bowden[56] (wenn ich sie abhole) oder Murry, für Jack, nach Briefen fragen. Wenn ich anfinge, Dir alles zu erzählen, was passiert ist, würde ich nie ein Ende finden. Tatsächlich habe ich einen großen Strauß für Dich gesammelt, aber er ist zu groß geworden, um ihn halten zu können und ist mir aus den Armen gerutscht. Du wirst mir glauben müssen, mein Lieber, dass die Blumen da *waren* und für Dich *waren* – ich bin froh, dass ich hergekommen bin. Viele Male habe ich erkannt, dass die Acacia Road und alles, was damit zusammenhing, vorbei ist – für immer.

Das hier ist ein verworrener und außergewöhnlicher Ort – Er ist voller Truppen – französichen, afrikanischen, indischen, englischen – Tatsächlich gibt es ›Typen‹ aus der ganzen Welt, und alle streifen gemeinsam durch schmale Straßen, die vollgestopft sind mit winzigen, gelb gestrichenen Kutschen, weißen Maultieren mit roten Fransen über den Augen – – – Du kennst das alles. Der Hafen ist extrem schön. Aber ich habe wirklich nichts über den Ort zu sagen, bis ich Dir wochenlang geschrieben habe, denn all meine Beobachtungen sind so *detailliert,* wie sie es immer sind, wenn ich in Frankreich bin. Auf dem Kaminsims in meinem Zimmer steht die Fotografie meines Bruders. Ich sehe nie irgendetwas, was mir gefällt, oder höre irgendetwas, ohne die Sehnsucht, dass er es auch sehen und hören könnte – ich habe wieder einen Brief von seinem Freund bekommen. Er schrieb mir, nachdem es geschah[57], habe er immer wieder gesagt – »Gott vergebe mir alles, was ich getan habe«, und kurz bevor er starb, sagte er »Heb meinen Kopf an, Katy, ich kann nicht atmen –«

Um Dir die Wahrheit zu sagen, machen mich diese Dinge, die ich über ihn gehört habe, blind für alles, was hier geschieht – Alles ist wie ein langes, beklemmendes Kräuseln der Oberfläche – nichts anderes – und darunter – im stillen Teich, ist mein kleiner Bruder.

Also werde ich für den Augenblick nichts weiter schreiben, Liebling. Aber ich denke oft an Dich, und immer voller Liebe.

Katy.

November (1915), Bandol

Bruder.

Ich glaube, ich weiß schon seit langem, dass das Leben für mich vorbei ist, aber ich habe es erst erkannt oder anerkannt, als mein Bruder starb. Ja, obwohl er mitten in einem kleinen Wäldchen in Frankreich liegt und ich immer noch aufrecht gehe und die Sonne und den Wind vom Meer her spüre, bin ich ebenso tot wie er. Gegenwart und Zukunft bedeuten mir nichts: Ich bin nicht mehr ›neugierig‹ auf Menschen; ich möchte nirgends hingehen, und der einzig mögliche Wert, den irgendetwas für mich haben kann, ist der, dass es mir etwas in Erinnerung ruft, was geschah oder war, als wir noch lebten.

›Weißt du noch, Katie?‹ höre ich seine Stimme in Bäumen und Blumen, in Gerüchen und Licht und Schatten. Haben Menschen, abgesehen von denen in weiter Ferne, je für mich existiert? Oder haben sie mich immer enttäuscht und sind verblasst, weil ich ihnen die Realität verweigerte? Angenommen, ich stürbe, während ich an diesem Tisch sitze und mit meinem indischen Papiermesser spiele – was wäre der Unterschied? Es gäbe keinen. Wieso bringe ich mich dann nicht einfach selbst um? Weil ich das Gefühl habe, eine Pflicht erfüllen zu müssen gegenüber der wundervollen Zeit, als wir beide am Leben waren. Ich will darüber schreiben und er wollte, dass ich es tue. Wir haben in meinem kleinen Dachzimmer in London darüber geredet. Ich sagte: Auf die Titelseite werde ich nur setzen lassen: Für meinen Bruder – Leslie Heron Beauchamp. Nun gut: es soll getan werden.

An J. M. Murry

[Hôtel Beau Rivage, Bandol][58]
Mittwochabend
[29 Dezember 1915]

Ich bin wie jener Apostel der sagte: »Ich glaube, lieber Herr; hilf meinem Unglauben.«[59] Als ich mich anzog & Dein Brief schon versiegelt war, kamen die schweren Schritte tatsächlich durch den Korridor – das Klopfen an der Tür – der alte Mann mit dem blauen, gefalteten Papier, das ich kaum zu nehmen wagte und, als ich es genommen hatte –

nicht öffnen konnte – Oh, ich saß auf der Kante meines Betts – & öffnete es, Stückchen für Stückchen. Ich las alle Anweisungen für das Verschicken dringender Telegramme & nächtlicher Telegramme – Schließlich sagte ich: Er kommt nicht & öffnete es und las Deine Nachricht. Seitdem habe ich keinen Augenblick aufgehört zu zittern – ich werde nie nie ruhig sein, bis ich an Deinem Herzen liege. Ich hatte das Gefühl »jetzt, wo er kommt, ist die Villa bestimmt vermietet«, und ich rannte, rannte am Kai entlang. Eines Tages werde ich Dir das alles ausführlich erzählen, aber sie war nicht vermietet, bis ich die Frau traf & den Mietvertrag unterschrieb. Und dann habe ich sie mir noch einmal angesehen. Auf ihre Art ist sie ziemlich perfekt – Sie ist genau das, wie ich immer wusste, was es irgendwo auf der Welt für uns gibt – in Spanien oder Italien – Und die Leute, denen sie gehört und die nebenan leben, sind so brave, anständige, ehrliche Menschen, die uns liebendgern haben wollen, liebendgern dafür sorgen wollen, dass wir es behaglich haben & glücklich sind. »Je suis toujours là. Vous avez seulement de frapper si vous aurez besoin de quelque chose.« Die Sonne schien in jedes Zimmer & auf der kleinen steinernen Veranda tanzte der Schatten eines Baums. Ist es wahr? Wird es wahr werden?

Morgen muss ich die Übereinkunft unterschreiben & einen Monat im Voraus bezahlen. Dann Kohlen & Holz bestellen und meine femme de ménage treffen, die bereits gefunden wurde »pour 3 heures le matin et pour faire mes petites courses, n'est ce pas?«

Vom ganzen Rest des Tages weiß ich nicht, wie ich ihn verbracht habe. Ein so schöner wilder Tag, überbordend von Farbe & Licht. Ich habe den kürzesten Weg zu unserem Zuhause über eine Straße gefunden, die Du nicht kennst, durch Wiesen voller Narzissen & vorbei an den Olivenbäumen, die heute ganz silbern & schwarz flirren. Die Straße hat hohe Mauern & niemand benutzt sie – ich dachte – hier werden wir stehen & uns küssen. Dann dachte ich, aber wenn wir das tun, werde ich vermutlich vor Freude ohnmächtig werden – Ja, ich habe einen wunderschönen Weg gefunden – Und ich habe eine Liste der bescheidenen Lebensmittelvorräte zusammengestellt, die wir brauchen – und die ich am Freitag kaufen werde. Tatsächlich habe ich mehr als eine Liste zusammengestellt – Denn ich kann weder schreiben noch lesen. Heute Abend im Salon sagte jemand, dass es in England schon Einberufungen gibt – Oh Gott, ist es zu spät – Kommst Du?

Ich habe Dich vorher drei Jahre lang mit dem Herzen und dem Geist geliebt, aber es scheint mir, als hätte ich Dich nie *avec mon âme* geliebt, so wie jetzt. Ich liebe Dich mit all unserem zukünftigen Leben – unserem gemeinsamen Leben, das erst jetzt Wurzeln zu schlagen und lebendig zu werden und in der Sonne zu wachsen scheint – Ich liebe Dich nicht – vielmehr hat die Liebe voll und ganz von mir Besitz ergriffen, Liebe zu Dir und zu unserem Leben und zu all unserem Reichtum und unserer Freude. Ich habe noch nie etwas Ähnliches empfunden. Überhaupt habe ich die Möglichkeit von etwas Derartigem nicht begriffen. Ich scheine nur am Rand der Liebe herumgetändelt und eine Art wiedergespiegeltes Leben gelebt zu haben, das nicht wirklich mein eigenes war, sondern aus meiner Vergangenheit stammte – Nun ist all das abgeworfen – Oh, meine Seele – wenn Du nun kommst, werden wir etwas verwirklichen, das, wie es mir scheint, nie gewesen ist – eine solche Wärme und ein solcher Reichtum und eine solche Tugend ist in Dir und in mir – Ist es zu spät? Kommst du *wirklich*?

Heute morgen ging ich in die kleine Kirche und betete. Es ist dort sehr nett – ich betete für uns drei – für Dich und mich und Chummie.[60] Es war dort so heiter und doch feierlich –

Bogey, komm schnell schnell. Mein Herz wird brechen.

[*Keine Unterschrift*]

1916

14ter. [Februar] Ich begann, an eine unfertige Erinnerung zu denken, die mich seit Jahren begleitet. Es ist eine sehr gute Geschichte, wenn ich sie bloß richtig erzählen kann, und sie heißt ›Lena‹. Sie spielt in Neuseeland und würde folglich ins Buch kommen. Wenn ich sie nur in Angriff nehmen kann. Lieber Bruder, indem ich diese Notizen hinwerfe, spreche ich mit dir. An wen habe ich denn immer geschrieben, wenn ich diese dicken Klagebücher führte? An mich? Aber während ich diese Worte hier schreibe und davon rede, mich der Neuseeland-Atmosphäre zuzuwenden, sehe ich dich mir gegenüber, ich sehe deine gedankenvollen, sehenden Augen. Ja, ich tue es für dich –

Wir waren auf Reisen – saßen einander gegenüber & bewegten uns sehr schnell. Ach, mein Liebling, wie habe ich mich nur von dieser gewaltigen Freude fernhalten können. Jedes Mal, wenn ich meine Feder ergreife, bist *du* bei mir, du bist mein. Du bist mein Spielgefährte, mein Bruder, & wir werden gemeinsam durch unser ganzes Land streifen. Mit dir sehe ich & deshalb sehe ich so klar. Das ist ein großes Rätsel. Mein Bruder, ich habe in den letzten Tagen gezweifelt. Ich war an schrecklichen Orten. Ich hatte das Gefühl, dass ich nicht zu dir *durchdringe*. Aber nun heben sich die Nebel ganz plötzlich und ich sehe und ich weiß, dass du in meiner Nähe bist. Du bist nun, in diesem Augenblick, lebhafter bei mir, als wärst du am Leben & ich schriebe dir aus geringer Entfernung. Während du meinen Namen aussprichst, den Namen, bei dem du mich nennst und den ich so liebe – Katie – verzieht sich deine Lippe zu einem Lächeln. Du glaubst an mich, du weißt, dass ich hier bin. Oh Chummie – leg die Arme um mich. Ich wollte schreiben – lass uns alle anderen ausschließen, aber nein – das ist es nicht. Wir werden nur gemeinsam ›einen Blick auf sie werfen‹.

Mein Bruder, du weißt, dass mein Wille, trotz all meiner Sehnsucht, schwach ist. Dinge zu tun, sogar zu schreiben, einzig für mich und ganz allein, fällt mir schrecklich schwer. Weiß der Himmel wieso, wenn meine Sehnsucht so stark ist. Aber so wie es uns immer eine Freude war, beieinander zu sitzen – erinnerst du dich? – & über die alten Zeiten zu reden, bis ins kleinste Detail, ins letzte Gefühl, während wir einander anblickten & durch unsere Augen ausdrückten, wenn es keine Worte mehr gab, wie innig wir einander verstanden – so werden wir es nun, mein Liebster, wieder halten. Weißt du, wie unglücklich ich in letzter Zeit war? Fast hatte ich das Gefühl – vielleicht wird »der neue Mensch« nicht lebensfähig sein. Vielleicht bin ich noch nicht auferstanden … Aber nun zweifle ich nicht. Es ist die Vorstellung (sie war immer da, aber nie so, wie sie heute Abend bei mir ist), dass ich nicht allein schreibe. Dass ich dich bei jedem Wort, das ich schreibe & an jedem Ort, den ich besuche, bei mir trage. Überhaupt könnte das vielleicht das Motto meines Buchs sein. Auf dem Tisch stehen Gänseblümchen, und eine rote Blume, ähnlich wie Mohn, leuchtet hindurch. Von Gänseblümchen will ich schreiben, von der Dunkelheit, vom Wind – & der Sonne & den Nebeln, von Werften – ah! von allem, was du geliebt hast & was auch ich liebe und fühle. Heute Abend zeigt es sich klar und deutlich. Gleich wie oft ich schreibe & umschreibe, ich werde nicht wirklich wanken, Liebster – und das Buch wird geschrieben & fertig sein.

15. [Februar] Ich habe das Schweigen gebrochen. Es hat lange gedauert. Habe ich dich enttäuscht, als ich dasaß und las. Oh, hab ein wenig Geduld mit mir. Ich werde mich bessern. Ich werde *alles* tun, was wir uns wünschen würden. Liebster, ich werde nicht versagen. Heute Abend ist es sehr wild. Hörst du? Es gibt nur den Wind und das Meer – man hat das Gefühl, dass die Welt umhergeweht wird wie eine Feder, in der Luft ruckt und zuckt wie ein Ballon von Lindsays. Ich scheine manchmal ein Piano zu hören, aber das ist Einbildung. Wie laut der Wind sich anhört! Wenn ich in mein Tagebuch eine getreuliche kleine Aufstellung darüber schreibe, wie ich dir die Treue gehalten habe – ja, das ist es, was ich tun muss. Jetzt bist du

wieder bei mir – du trittst vor, eine Hand in der Tasche. Mein Bruder, mein kleiner Bruder. Deine nachdenklichen Augen! Ich sehe dich immer so, wie du mich verlassen hast. Ich sah dich einen Augenblick allein – allein für dich, & ziemlich verloren, so kam es mir vor. Mein Herz verzehrte sich in diesem Augenblick nach dir. Oh, es verzehrt sich heute Abend & jetzt nach dir! Hast du geweint? Ich hatte immer das Gefühl, er darf nie nie unglücklich sein. Jetzt werde ich dir ganz nahe kommen, deine Hand nehmen, und wir werden einander diese Geschichte erzählen.

An J. M. Murry,

[Sunnyside Cottage, Mylor][61]
Sehr spät Freitagabend
[18 August 1916]

Mein innig Geliebter,

ich werde diesen Brief nicht aufgeben können, bis ich von Dir gehört habe, wo Du nach dem heutigen Abend schlafen wirst.[62] Nichts-desto-weniger muss ich schreiben und Dir erzählen …

Dass mir erst heute Abend klar wurde, dass Du vielleicht lange Zeit nicht wieder hier sein wirst … Dass Du die diesjährigen Dahlien nicht wieder in Deinem Spiegel gespiegelt sehen wirst & dass die

Zitronenverbene in einem Krug auf meinem Tisch völlig verwelkt und vertrocknet sein wird.

Während ich das dachte, rauchend im dämmrigen Zimmer sitzend, kam Peter Wilkins[63] mit einem »ach-nur-allzu-herabgefallenen« Blatt im Maul herein, und ich dachte daran, dass die Astern blühen und siehe da! es war Herbst.

Bilde ich sie mir nur ein – die Schönheit dieses Hauses am heutigen Abend? Die runde Lampe auf dem runden Tisch, die prächtigen Blumen, das Ticken der Uhr, das in die Stille fällt – und die Dunkelheit draußen und die schwellenden Äpfel und ein schwindelndes Gefühl von tiefem Wasser. May[64] brachte mir heute Abend ein paar der diesjährigen Äpfel. »Sehr schmackhaft«. Sie sind klein & haben die Farbe blasser Erdbeeren. Ich wünschte, Du wärst bei mir, mein Liebster. Nicht weil Du nicht da bist, fühle ich mich so frei von Ablenkung, so gefasst und so still – ich habe das Gefühl, sogar von Sonne und Wind »frei« zu sein – wie ein Baum, dessen Blätter alle bereits verfärbt sind.

Ich liebe Dich heute Abend über alle Maßen. Habe ich Dir je gesagt, wie sehr ich Deine Schultern liebe? Wenn ich Deine Schultern fasse – meine Arme um Dich lege & Deine weiche, wundervolle Haut spüre – warm & doch kühl, wie Milch – und Deine zarten Knochen – die Knochen Deiner Schultern … Gute Nacht, mein Herz.

Ich bin einzig Dein Mädchen.

[*Keine Unterschrift*]

An Bertrand Russell[65]

[3 Gower Street, Bloomsbury]
Donnerstagabend
[7 Dezember 1916]

Gerade habe ich Ihren Brief noch einmal gelesen und nun schmerzt mein Kopf vor einer Art süßer Aufregung. Wissen Sie, was ich meine? Ich fühle, was ein kleines Mädchen fühlt, wenn es am Ende eines langen, sonnigen Tages ins Bett gebracht wurde und auf den geschlossenen Augenlidern immer noch das Bild tanzender Knospen und blühender Sträucher sieht. Zu arbeiten – zu arbeiten! Es ist eine so unendliche Freude zu wissen, dass wir die besten Dinge immer noch vor uns haben und wir dabei Genossen sein werden. Aber am Dienstagabend werde ich Ihnen Unmengen von Fragen stellen. Ich will mehr über Ihr Leben wissen – so unglaublich viele Dinge ... Vielleicht ist genügend Zeit, aber im Augenblick bin ich teuflisch ungeduldig. Sie haben mir, in dieser kurzen Zeit, bereits so viel gegeben – mehr, als ich Ihnen gab, und das ist mir keine Befriedigung. Aber zur Zeit entspringt meine Arbeit schlicht der wundervollen Tatsache, dass Sie für das Leben *stehen* –

Adieu bis Dienstag – ich werde Ihren Brief nicht noch einmal lesen – Er »wühlt mich zu sehr auf« – aber danke – Danke Ihnen dafür.

Katherine.

1917

An Bertrand Russell

[3 Gower Street, Bloomsbury]
Mittwochabend.
[24. Januar 1917]

Sie haben mir einen so wundervollen Brief geschrieben, mon cher ami – Ja, lassen Sie uns am Freitagabend miteinander essen. Ich werde wohlauf genug sein, wenn Sie bitte hierher kommen wollen. Dann *werden wir reden*. Ich habe das Gefühl, es gibt so viel zu sagen, dass ich bis dahin ganz still sein werde; dass es eine Ewigkeit her ist, seit wir uns gesehen haben. Doch während ich Sie nicht gesehen habe, hat meine ›Freundschaft‹ für Sie sich weiterentwickelt und ist so viel tiefer und tiefgründiger geworden.

Lassen Sie uns am Freitagabend sehr glücklich sein.

Ich reiche Ihnen meine beiden Hände
Katherine.

An Ottoline Morrell[66]

141A Church Street/Chelsea sw3
Dienstag.
[? 13. Februar 1917]

Meine Liebste,

Ein Brief von Dir hat, ungeöffnet, Tage & Tage auf meinem Schreibtisch gelegen. Erst hatte ich nicht das *Herz*, ihn zu öffnen, und dann hatte ich nicht den Mut – erst heute Abend habe ich ihn gelesen.

Ach, meine wundervolle Freundin, es war ein so bezaubernder Brief. Er war so weise und so perfekt, dass es mir den Atem verschlagen hat. Er »ging mir ans Herz« wie Musik – und im dunklen Tümpel des Schweigens, das zwischen uns ist, schien ich unsere wundervolle Freundschaft, die wir so annähernd erreichten, schimmernd, glänzend, himmlisch, und ersehnt, wie den Mond im zitternden Wasser des Teichs liegen zu sehen – ich streckte meine Arme danach aus – ich fühle, ich *muss* sie haben: sie KANN nicht dahin sein –

Wer, unter Frauen, liebt Dich, wie ich Dich liebe? Wer schätzt Dich und versteht Dich annähernder als ich? Ich will Dich – ich will Dich so immens und gänzlich als meine Freundin – Es gibt niemanden wie Dich – und jetzt habe ich entsetzliche Angst, Dich verloren zu haben – – –

Soll ich erklären, wieso ich so geschrieben habe

und dann weggelaufen bin? Ja, ich werde es erklären, aber nicht jetzt. Ich werde es Dir erzählen oder ausführlich schreiben. Heute Abend habe ich versucht, es Brett[67] zu erklären – vielleicht hat sie ›verstanden‹ –

Aber bis dahin – sollst Du wissen, was immer Du für *mich* empfinden magst, ich kann für Dich nie etwas anderes empfinden als Liebe und tiefste Freundschaft. Lass uns uns treffen, falls es möglich ist & wirklich zusammen sein & reden und reden – endlos. Ich habe das Gefühl, wenn ich bei Dir wäre, wäre alles zwischen uns geklärt – bis dahin, bin ich für immer Dein

Katherine

Mai 1917

Liebe und Pilze.

Wenn es nur möglich wäre, wahre Liebe von falscher Liebe so zu unterscheiden, wie man essbare Pilze von giftigen unterscheiden kann. Bei Pilzen ist es so einfach – man salzt sie gut, legt sie beiseite und übt sich in Geduld. Aber bei der Liebe ist man, kaum dass man etwas entdeckt hat, was auch nur die entfernteste Ähnlichkeit damit hat, absolut sicher, dass sie nicht nur ein ungiftiges Exemplar ist, sondern vielleicht *der einzige* noch nicht gefundene ungiftige Pilz. Es braucht eine furchtbare Menge giftiger Pilze, bevor man erkennt, dass das Leben keineswegs ein einziger ausgedehnter essbarer Pilz ist.

An Virginia Woolf[68]

141A, CHURCH STREET, /CHELSEA, S.W.
[24.? Juni 1917]

Virginia, meine Liebe,

ich werde sehr gern am Mittwochabend zu einem Essen mit Dir allein kommen:[69] Der Freitag geht bei mir nicht. Seit ich Deinen Brief gelesen habe, war ich immerzu damit beschäftigt, Dir zu schreiben und hatte ein bisschen das Gefühl, von Dir ›heimgesucht‹ zu werden: ich sehne mich danach, Dich wiederzusehen. Die Erinnerung an jenen letzten Abend ist so eigenartig: Deine Stimme & Vanessas Stimme sozusagen in der Dunkelheit – weiße Tellerscheiben, die durch die Luft schwebten – der Duft von Erdbeeren & Kaffee – Murry, der zu Woolf sagt, dass man sie mit einer Kurbel bedient & sie einen Zylinder hat[70] & wie M. und W. dann verschwanden – und ein Gefühl, dass vor dem Fenster ein tiefer dunkler Strom vorbeifließt, erfüllt vom stummen Hasten kleiner Aale mit spitzen Ohren, die nach Norwegen & wieder zurück schwimmen …

Mein Gott, ich liebe es, an Dich als an meine Freundin zu denken, Virginia. Beschimpf mich nicht als übereifrig oder sag, den Kopf ein wenig zur Seite gelegt, mit einem Lächeln, als wüsstest Du ein bezauberndes Geheimnis: »Nun ja, Katherine, wir werden sehen« … Sondern bedenke bitte, wie selten es ist, jemanden mit derselben Leidenschaft fürs Schreiben, wie Du sie hast, zu finden, der den Wunsch hat, gewissenhaft ehrlich zu Dir zu sein – und Dir ohne jeglichen Vorbehalt die Freiheit der Stadt zu geben. […]

Immer Deine
K M

An Ottoline Morrell

[141A Church Street, Chelsea]
Dienstag.
[3. Juli 1917]

Meine liebste Ottoline,

[…] Ich wüsste gern, ob Du etwas von Virginia gehört hast. Am Samstag erhielt ich eine rätselhafte kleine Postkarte von Leonard, dass Virginia krank ist – aber seitdem nichts. Ich glaube, dass sie immer noch SEHR angegriffen ist – und ich kann mir nicht vorstellen, dass sie je wohlauf genug ist, ihr Zuhause und Umfeld zu verlassen.[71] Letzte Woche war ich einen Abend zum Essen bei ihr, und sie war bezaubernd – ich mag sie wirklich über alle Maßen – aber da spürte ich zum ersten Mal die seltsame, zitternde, glitzernde Qualität ihres Geistes – und irgendwie zum ersten Mal kam sie mir vor wie eine dieser Dostojewski-Frauen, deren ›Unschuld‹

verletzt wurde – Ich beschloss auf der Stelle, dass ich sie komplett verstehe … ich frage mich, ob Du dem auch nur annähernd zustimmen kannst.

Murry kam gestern Abend noch spät vorbei, sehr aufgekratzt nach einem Dinner im Haus [Parlament] mit Deinem Bruder.[72] Ich hatte einen sehr langweiligen einsamen Abend damit verbracht, eine Geschichte über eine Frau fertigzustellen, die eine Freundin besucht, die in ein Kloster eingetreten ist – und als Murry hereinkam, funkelnd vor Champagner und nach den Fleischtöpfen riechend, kam ich mir vor wie Mrs Jellaby [Jellyby in Charles Dickens *Bleakhaus*], die ihr Leben, wie Du Dich erinnerst, damit verbrachte, die Tintenflecke an der Wand anzustarren und dicke Bände über irgendeine Mission zu schreiben, die nie hätte existieren müssen. Was tut man, wenn man nicht schreibt? Liest man und liegt rauchend auf der Rosshaarmatratze – Ja, mehr gibt es nicht zu tun – nun ja – wieso kann man das nicht akzeptieren und für immer jenen letzten Funken löschen, der noch bleibt? Aber man kann nicht. Ich fächele und fächele ihn & wärme mich daran und gebe nie auf – […]

Liebste, dieser langweilige Brief muss ausklingen. Bitte sag Brett, sie soll mich wissen lassen, wie es Dir geht. Ich wünschte, ich wäre nicht so hilflos. Falls Du eine neue Krankenschwester brauchen solltest und Lust hättest, mich auszuprobieren – ich bin wirklich eine ziemlich bewundernswerte –

Gute Nacht, meine wundervolle Freundin

Katherine.

An Virginia Woolf

[141A Church Street, Chelsea]
[Mitte August 1917]

Virginia:
Ich würde liebendgern am 17. nach Asheham kommen. Bitte lass mich. Meine Geschichte [*Prelude*] habe ich zum Tippen weggegeben und werde sie am Donnerstag zurückbekommen. Ich war nicht in der Lage, das verflixte Abschreiben selbst zu erledigen: Ich war so ›krank‹. Rheumatismus plus grässliche Depression PLUS Wut. Ich sehne mich danach, Dich zu sehen. Auch weil ich mit Dir über Dein Mal an der Wand sprechen möchte.[73] Was meinst Du, soll ich etwas dazu schreiben oder wollen wir lieber darüber reden? Sag mir, darf ich kommen & Dich am Sonntag zum Tee oder nach dem Abendessen oder wann immer es Dir passt sehen? Oh, wann darf ich kommen. Ich dachte, Du hättest mich endgültig, ohne auch nur ein Winken Deiner lilienweißen Hand, in die grausame kaltherzige Verbannung geschickt. Wollen wir uns bitte in der nächstmöglichen Zukunft treffen, liebste Virginia & vergiss nicht ganz

Katherine.

An J. M. Murry

[141A Church Street, Chelsea]
Sonntag
[23.- 24. Dezember 1917]

Mein Liebster –

Hier ist die Bescheinigung, die der Arzt mir gerade gegeben hat. Ist sie in Ordnung? Er sagt, meine linke Lunge, die dieses *ohrenbetäubend laute* Knarren von sich gab, ist »unvergleichlich besser«, aber ich habe einen FLECK auf der rechten Lunge, der »ihn in seiner Meinung bestätigt, dass es absolut zwingend ist, dass ich dieses Land verlasse & mich in allen zukünftigen Wintern davon Fernhalte«. Der Fleck ist evidement ein ziemlich schlimmes Exemplar seiner Art – beziehungsweise würde es werden, würde ich nicht die Flucht ergreifen. Wegen Oxfordshire. Er sagt, es ist weit klüger hierzubleiben, bis ich gesund genug bin, um zu reisen & es nicht mit dem Land zu versuchen; dies sogar, nachdem ich von den Heizungsrohren und den Gläsern mit heißer Milch auf Tabletts berichtet hatte. Das Programm (wenn ich dieses mysteriöse Verrußen vermeiden will), scheint darin zu bestehen, zu bleiben, wo ich bin, zu packen und dahin zu gehen, wo die Sonne scheint. Verstehst du? Was denkst du? Obwohl ich nach wie vor Fische verschlinge wie ein Seelöwe, Steaks wie ein Landlöwe, Milch wie eine Schlange (oder ist das nur eine

›Mär‹?) und Eier, Honig, Sahne, Butter und nahrhafte Zutaten en masse, scheinen sie in einer Art Postamt für unzustellbare Briefe zu landen. Aber er hat mir heute ein Stärkungsmittel gegeben, das das in Ordnung bringen wird. Natürlich habe ich jetzt das Gefühl, dass ich nur in die Sonne gelangen muss, um wieder Blätter und Blüten hervorzubringen. Es ist dieses alte Gemäuer, das mir das alles antut, und ich bin ständig dabei, *unser* Haus mit einem Akazienzweig auszufegen, eine Rose zu pflücken, um sie mir ins Mieder zu stecken und dann gerade noch rechtzeitig loszulaufen, um den Zug zu erwischen, der Dich, mein Schatz, in meine Arme purzeln lässt. Und ich gehe ständig in dieses Zimmer und lege meine Arme um Dich und sage: »Sieh nur diesen Diamanten aus Licht im Fensterladen« –

Ich weiß sehr wohl, ich verstehe voll und ganz, dass Du England gegenüber loyal sein musst. Es wäre die Hölle zu wissen, dass Du weg bist & seinen Ruf spürst, aber trotzdem wirst Du zwei Orte haben, an denen Du zuhause bist & wir werden all unsere Babys paarweise bekommen müssen, damit wir an beiden Orten einen kompletten ›Satz‹ haben.

Je t'aime! Je t'aime!

Am Dienstag kommt dieser Mann wieder, um mich zu behandeln. Bis dahin, finde ich, sollte die Reisepass-Angelegenheit in die Wege geleitet & das Hotel Beau Rivage angeschrieben werden – um sicherzugehen – findest Du nicht auch? Ich dachte –

sag ihnen, Madame wird mindestens 2 Monate bleiben und benötigt daher une belle chambre avec vue sur la mer & beaucoup de soleil – & eine unmittelbare Antwort. Vorzugsweise solltest Du, der Du so viel besser schreibst als ich, diesen Brief schicken & vergiss nicht Dein *Namensproblem*. Aber erwähne nichts von LUNGEN, sonst bekommen sie Angst. Du weißt, wie die Franzosen sind. Sie würden denken, ich sei gekommen, um davonzugaloppieren. [...]

Ich bin ewig Deine – Wig

1918

An J. M. Murry

[Hôtel Beau Rivage, Bandol]
Montag
[21. Januar 1918]

Mein einziger Boge,

[...] Geliebtes Herz, während ich schreibe, zwängt die Sonne ihren Kopf durch eine wahre Mönchskapuze von Wolke & segnet Dich & mich auf dieser Seite ... Heute Morgen dachte ich – im Februar werde ich sagen können, wann ich übernächsten Monat zurückkomme.[74] Und zudem ist der Februar ein sehr winziger kleiner Monat, und wenn er vorbei ist & der März hereingeweht kam, sind es nur noch ein paar Wochen bis zum April – Tröstet das Dich so, wie es mich tröstet? Ich werde schrecklich gesund sein – und von oben bis unten behangen mit Geschenken für Dich, mit 2 Kerzen, die nicht gelöscht werden können – in meinen Augen – Du wirst mich entdecken müssen wie einen Christbaum. Dann werden wir winken & winken, während der Zug uns aufeinander zuträgt & dann werden wir einander in den Armen liegen. Ich rechne fest damit, dass Rib[75] bei Dir sein wird, in einem winzig nachgeschneiderten grünen Mantel wie Deinem, einen kleinen Filzhut auf dem Kopf –

Gibt dieser Brief Dir das Gefühl, der geliebteste & geschätzteste Bogey auf der ganzen Welt zu sein? Falls nicht – ist er nicht von mir – aber er muss. Jetzt gehe ich zur Post – dann zum Mittagessen dann wieder hier hoch – mache mein Feuer an & schreibe.

Ich bin immer Deine
Wig.

PASS AUF DICH AUF –

19. Februar 1918.

heute morgen wachte ich früh auf, und als ich die Läden öffnete, war die volle runde Sonne gerade aufgegangen. Ich fing an, jenen Vers von Shakespeare aufzusagen: »Sieh' wie die Lerche nun, in wacher Lust, Aus feuchtem Nest auf in die Höhe geht ....«[76] und hüpfte ins Bett zurück. Der Hüpfer ließ mich husten. Ich spuckte – es schmeckte seltsam – es war hellrotes Blut. Seitdem spucke ich jedes Mal, wenn ich ein wenig mehr huste. Oh, ja, natürlich habe ich Angst. Aber nur aus zwei Gründen. Ich will nicht krank sein, ich meine ›ernstlich‹, wenn ich nicht bei Jack bin. Jack ist der 1ste Gedanke. 2tens will ich nicht herausfinden, dass es echte Schwindsucht ist, vielleicht wird sie galoppieren – wer weiß – und ich werde meine Arbeit nicht geschrieben bekommen. *Das ist es, was zählt.* Wie unerträglich es wäre, zu sterben, ›Fetzen‹ zu hinterlassen, ›Schnipsel‹, nichts wirklich beendet. Aber ich habe das Gefühl, als Erstes muss ich zu Jack zurück. Ja, meine rechte Lunge tut schlimm weh, aber das tut sie mehr oder weniger immer.

Aber *Jack & meine Arbeit,* sie sind alles, woran ich denke (gemischt mit einer seltsam visionären Sehnsucht nach Gärten in voller Blüte). […]

An J. M. Murry

[Headland Hotel, Looe, Cornwall]
[27. Mai 1918]

Wenn Du das hier liest, sollst Du fühlen, dass meine Arme Dich umschlingen & Dein Kopf in ihnen verborgen ist – & ich erzähle dir alles – mit jedem Teil von mir.

Montag.

[…] Verstehst du, ich war von Dezember bis April in Südfrankreich. Wie war es im Großen und Ganzen – die HÖLLE. Wie Du weißt, hätte es mich fast umgebracht. Dann kam ich zurück, um mich bei Dir auszuruhen. All meine Sehnsüchte, all meine Wünsche, all meine Träume & Hoffnungen gingen dahin, einfach nur bei Dir zu sein Amen – in mein Zuhause zurückzukommen. Bien! Ich kam. Erfuhr, wie krank ich war, scheine Dich kaum gesehen zu haben – außer durch einen ängstlichen Nebel – hatte das Gefühl, ALL Deine Vorstellungen gingen dahin, mich wieder weg und aufs Land zu schaffen – Nun, das verstand ich – aber versuch bitte auch zu verstehen, was für ein entsetzlicher Schlag es für mich war, erneut entwurzelt zu werden – & so bald – kaum dass wir ein Wort miteinander gesprochen hatten – Bitte versuch, das zu verstehen. Plus das Wissen, dass ich kränker war, als ich gedacht hatte & dass meine ganze kostbare ›Privatsphäre‹, meine Liebe zum ›selbstbestimmten‹ Leben – alles selbst auf meine eigene Weise zu tun – alles zu tun – mir Deiner Meinung nach enfin weggenommen werden sollte – ›schlecht‹ für mich war – enfin.

Aber ich sollte nur einen Monat oder sechs Wochen allein sein. Dann hattest Du Urlaub & kamst zu mir & wir fuhren gemeinsam zurück – ich kam an – & stellte fest, dass ich (ohne ein Wort der Erklärung, wieso es zu dieser Änderung gekommen war) MINDESTENS 4 Monate hier bleiben sollte – bis in den *späten* Herbst – Kein Wort über Dein Kommen – kein Wort über irgendetwas sonst. Das trieb es auf die Spitze. Es schleuderte mich zurück auf mein eigenes, einsames Ich. Ich war verzweifelt, wie Du weißt, und ich sah das Leben völlig anders. Ich hatte das Gefühl, wenn alles, was ich ach so leidenschaftlich vertreten und beteuert hatte, ohne Scham oder Angst, über meine Liebe – meine Sehnsucht nach dem Eheleben – so bald wie möglich – einfach verschoben werden sollte – nicht verstanden wurde – könnte ich nicht mehr ertragen – & ich fiel in die dunkle Grube, die immer auf mich wartet – die alte – & ich schrieb von dort – Ich hatte das Gefühl, er hat nicht dasselbe große verzehrende Bedürfnis nach mir, das ich für ihn empfinde – Er *kann* getrennt von mir existieren. Ich war fast vier Monate in Südfrankreich & hier sind weitere vier – Er wird nie erkennen, dass ich nur dann GESUND bin, wenn wir ›zusammen‹ sind – Alles andere ist nur eine Nachäffung von Gesundheit. Ich bin so auf ihn angewiesen, wie eine Frau auf einen Mann angewiesen ist & ein Kind auf seinen kleinen Spielgefährten, aber solange er weiß, dass ich in Ordnung bin, kann er ›anderweitig‹ spielen –

Verstehst Du nun ein wenig? Ist es ein wenig klarer? Aber es gibt noch mehr zu sagen.

Unsere Ehe – Du kannst Dir nicht vorstellen, was sie für mich bedeuten sollte. Es ist fantastisch – vermute ich. Sie sollte strahlen – getrennt von allem anderen in meinem Leben – Und sie war letztendlich in Wirklichkeit nur Teil des Alptraums. Du hast mich kein einziges Mal in den Armen gehalten & als Deine Frau bezeichnet. Tatsächlich war die ganze Angelegenheit wie mein alberner Geburtstag. Ich musste ständig dafür sorgen, dass Du Dich daran erinnerst – – – [...]

Aber lass uns nun um Gottes Willen bitte wieder ruhig sein. *Ich werde nicht traurig sein.* Lass uns ruhig sein. Lass unsere Liebe dafür sorgen, dass wir still & sicher sind – wie zwei Kinder auf einer großen, weiten stillen Wiese – die verborgen zwischen Blumen & Gräsern dort sitzen.

Oh, Du, der Du mein ganzes Herz besitzt. Akzeptiere mich –

Ich bin einfach für immer & immer Deine Dir gehörende kleine

Wig.

An Dorothy Brett

[47 Redcliffe Road, Fulham]
Mittwoch
[14. August 1918]

Meine liebste Brett,

Ich habe mich so über Deinen heutigen Brief gefreut. Ja, es ist ein *furchtbarer* Schlag[77]. Sie war das kostbarste, liebenswerteste kleine Ding, so schrecklich weit weg, wie Du weißt, und schrieb mir diese langen langen Briefe über den Garten und das Haus und ihre Unterhaltungen im Bett mit Vater, und wie sehr sie plötzliche, unerwartete Tassen Tee liebte – »aus dem Blauen heraus, gebracht von getreuen Raben in Schürzen« – und Briefe, die anfingen mit ›geliebtes Kind, heute ist der wundervollste Tag‹ – Sie *lebte* jeden Augenblick des Lebens voller und vollständiger als irgendjemand sonst, den ich je kannte – und ihre Heiterkeit verlor nichts an Echtheit dadurch, dass sie *höchste Tapferkeit* war – die Tapferkeit, allem zu begegnen.

Seit ich von ihrem Tod weiß, kommen meine Erinnerungen an sie in mein Herz zurückgeflogen – und es gibt Augenblicke, da ist es unerträglich, sie anzunehmen. Aber es hat mich eindringlicher denn je zuvor erkennen lassen, dass ich *Mut* – *Tatkraft* – Gelassenheit (weißt Du, was ich meine? All diese Worte sind zu klein) mehr als alles andere liebe. Und ich möchte sagen (nicht zu irgendwem im Besonderen) »lass uns einander lieben«. Lass uns *gütig* sein und uns aneinander freuen und alle Streitigkeiten und Hässlichkeiten den Langweilern überlassen, die sich nur ausdrücken können, wenn sie bellen und knurren. Die Welt ist in vieler Hinsicht so furchtbar. Lass uns liebevoll miteinander umgehen.

Ich wage es, das zu Dir zu sagen, weil ich weiß, dass Du verstehst.

Mit viel Liebe
Tig

1919

An Virginia Woolf

2 Portland [Villas] East Heath Road [Hampstead]
N.W.3.
[ca 10. April 1919]

Meine liebe Virginia

Seit Du das letzte Mal hier warst, brenne ich darauf, Dir zu schreiben.[78] Der Ostwind machte meine Reise im Zug zur Unmöglichkeit; er bewirkte Tümpel & Teiche in meiner linken Lunge, in denen die Bazillen & die Toxine – zwei Familien, die ich verabscheue – badeten & sich erfrischten & gediehen & sich vermehrten. Aber seitdem sind so viele Wunder geschehen, dass ich nicht sehe, wie man in der Lage sein soll, richtigen, vollen Frühling zu ertragen. Fast ist man jetzt schon müde – man möchte schwärmen, wie Charles Lamb es tat, ehe der Vorhang sich hob.[79] Oh Gott! Den Blick wieder zu heben & die Sonne wie eine große silberne Spange zu sehen: große leuchtende Knospen an den Bäumen, & die kleinen Sträucher umfangen von einem Netz aus Grün – Vor allem aber, Virginia, liebe ich es, die Menschen zu beobachten. Wirst Du über mich lachen? – Es zerreißt mir das Herz, wenn ich sehe, wie die Menschen wieder ins Freie streben, scheu, die Luft genießen; sie trödeln, ihre Stimmen verändern sich, & ihre Gesten. Ein überaus unerwarteter alter Mann mit Blumen in einer Zeitung (für wen?) geht vorbei, ein Soldat liegt im Gras und schirmt sein Gesicht ab; ein junges Mädchen *schwebt* auf den – wirklich – *Flügeln* eines Jungen, eine Seitenstraße hinunter –

Am 5. April erblühte die eine Narzisse, die wir haben & unsere Katze, Charlie Chaplin, bekam Kätzchen.

Charles Chaplin

Athenaeum — April

Athenaeum ist wie eine prähistorische Echse, in sehr klein. Er kam sehr eigenartig zum Vorschein – wie durch den Raum geschleudert – geworfen von einem entrüsteten Gott. Ich wohnte der Geburt bei. Charles flehte mich an. Er verhielt sich so seltsam; er wurde zu einer schönen, tragischen Figur mit blaugrünen Augen, verängstigt und wild. Er lag nur still, wenn ich seinen Bauch streichelte und sagte: »es ist gut, alter Knabe. So etwas passiert einem Mann zwangsläufig früher oder später.« Und inmitten seiner Schmerzen begann der, der ihn auf Abwege geführt hatte, ein Schuft von einer Katze mit einem Gesicht wie ein Pennybrötchen & dem kätzischen Äquivalent eines braunen

Bowlerhuts ziemlich keck über dem einem Ohr, draußen zu *jammern*. Was für ein Narr ich doch war! sagte Charles und schlug seine Krallen in meinen Ärmel. Das zweite Kätzchen, April, wurde in der Nacht geboren, ein sonniges, kompaktes kleines Mädchen. Wenn sie trinkt, sieht sie aus wie ein kleines Kind, das seine Gebete sagt & *weiß*, dass Jesus es liebt. Sie hat immer die Wahl zwischen Erdbeere, Schokolade und Pistazie; der arme kleine Athenaeum muss sich mit einem gelegentlichen Griff nach Zitrone begnügen ... Sie sind beide allerliebst; ihre Pfoten sind innen sehr weich, sehr rosig, genau wie unreife Himbeeren. Könnte ein Baby bezaubernder sein? Ich selbst könnte ohne ein Baby auskommen – aber Murry? Ich würde ihm gern eins schenken – aber schließlich möchte ich, dass ihm *nichts* versagt bleibt ... Die Liebe ist sehr seltsam.

Virginia, ich habe Deinen Artikel über Moderne Romane gelesen.[80] Du schreibst so *verdammt* gut, so *teuflisch* gut. Weißt Du, da sind diese kleinen anderen, die daherstraucheln & stolpern, hier einmal schnüffeln und dort einen Blick riskieren – & dann ist da Dein Geist, so daran gewöhnt, sich auf ›grande manière‹ in die Lüfte zu schwingen – – Um die Wahrheit zu sagen – ich bin *stolz* auf Dein Schreiben. Ich lese & ich denke ›Wie sie alle schlägt – – –‹

Aber ich muss Dich unbedingt bald sehen. Ich möchte über so vieles reden. Dein Zimmer mit den beiden tiefen Fenstern – Ich wäre jetzt so gerne dort. Letztes Mal waren die Kletterrosen fast verblüht & man hörte jemanden Holz sägen –

Ich denke oft an Dich – in Liebe

Katherine

19. Mai 1919. 6 Uhr abends.

Ich wünschte, ich hätte eine Ahnung, wie alt dieses Notizbuch ist. Die Schrift ist sehr blass & fern. Es ist jetzt Mai 1919. Sechs Uhr. Ich sitze in meinem Zimmer und denke an Mutter. Ich könnte weinen. Aber meine Gedanken sind wunderschön & voller Fröhlichkeit. Ich denke an *unser* Haus, *unseren* Garten, *uns* Kinder – den Rasen – das Tor, & Mutter, die hereinkommt. Kinder! Kinder! Ich verlange wirklich nur Zeit, alles zu schreiben – Zeit, meine Bücher zu schreiben. Dann macht es mir nichts aus zu sterben. Ich lebe, um zu schreiben: die wunderschöne Welt (Gott, wie wunderschön die äußere Welt ist!) ist da, und ich bade darin und bin erquickt. Aber ich habe das Gefühl, eine PFLICHT zu haben, jemand hat mir eine Aufgabe gestellt, die ich unbedingt zu Ende bringen muss. Lass sie mich zu Ende bringen: lass sie mich ohne zu hetzen zu Ende bringen, und alles so ordentlich hinterlassen wie ich kann …

Samstag. […] Friedlich und heiter. Das ganze Haus schöpft frische Luft.

Athenaeum [Kater] schläft auf dem Sofa im

Arbeitszimmer und wacht dann auf. Er bekommt Mittags einen silbernen Löffel meiner Sahne, versteckt sich dann unter den Sofafransen & spielt das Spiel der Vorschnellenden Pfote. Ich klaube die trockenen Blätter von der Pflanze in der großen weißen Schale; sie sind mit Silber überstäubt. Es ist niemand im Haus, aber von wem kommt dieses leise Geflüster? Auf der Treppe sind winzige goldene Flecken – winzige Fußabdrücke …

Die roten Geranien haben den Garten über meinen Kopf hinweg gekauft und in Besitz genommen. Sie haben sich »eingewöhnt«, jedes Blatt & jede Blüte ist ausgepackt & an Ort und Stelle & sie haben die Absicht, sich niemals wieder fortzubewegen! Nun – *das* könnte ich ertragen. Aber wieso wollen sie mich, die ich sie eingelassen habe, hinauswerfen? Sie erlauben mir nicht einmal, im Gras zu liegen, ohne gleich zu schreien: »Un-verschämtheit.«

[…] Es regnet, aber die Luft ist weich, rauchig, warm. Große Tropfen fallen auf die trägen Blätter, die Tabakblüten neigen sich. Jetzt raschelt es im Efeu. Wingley[81] erscheint aus dem Nachbarsgarten; er springt von der Mauer. Und zierlich, die Pfoten lüftend, die Ohren gespitzt, voller Angst, eine große Welle könnte ihn überrollen, watet er durch den Teich aus grünem Gras.

An Virginia Woolf

2 Portland Villas [East Heath Road, Hampstead]
Mittwoch.
[13. August 1919]

Liebe Virginia

Heute ist der erste Tag, an dem ich wieder auf den Beinen und in der Lage bin, Briefe zu schreiben. Ich war ziemlich schlimm krank – und so bleibt mir für den Moment keinerlei Vorstellung … außer dass ich bis nächsten April in ein Sanatorium im Ausland gehen muss. Ich kann für die nächsten sechs Monate keine Villa mieten oder mir irgendetwas vornehmen, sondern muss nur an der frischen Luft liegen & versuchen, mich wieder in eine leidliche Kreatur zu verwandeln. Denk aber nicht, dass ich Dich vergessen habe. Du würdest es nicht glauben, wenn Du wüsstest, wie oft Du in *meinem Herzen & meinen Gedanken* bist. Ich liebe es, an Dich zu denken. Asheham ist dieser Tage vermutlich eine wahre Pracht. Ich werde sehr bald wieder schreiben. Das hier ist im Grunde nur ein Winken –

Ich wünschte, ich wäre ein Krokodil. Laut Deinem Sir Thomas Browne ist es das einzige Lebewesen, das nicht *hustet*: »Obgleich wir viel über ihre Tränen lesen, findet sich nichts über diese Regung.«[82] Dreifach glücklicher eierlegender Vierfüßler!

Immer Deine
Katherine.

An J. M. Murry,

[Casetta Deerholm, Ospedaletti][83]
[1. November 1919]

Ein nichtssagender Tag
Samstag
Mein geliebter Bogey,

Ich hatte gedacht, gestern Deinen Montagsbrief zu erhalten – aber nein: er wollte nicht kommen. Du musst sie schneller in die Briefkästen werfen, Liebling, *schleudere* sie, lass sie *fliegen*: sag ihnen, wenn sie sich beeilen, können sie alles von ihr haben. Sie können sich nehmen, was immer sie wollen, ihr die Ringe abreißen & und sie auf ihre eigenen Daumen stecken, in ihrem geblümten Schal herumstolzieren, das ganze Glas Honig auf einmal aufessen … Oh *nein*, es sind keine Kinder. Ich will sie nicht zu Kindern machen. Kleine Kinder sollten niemals reisen müssen. Wie konnte ich das schreiben! Es bricht mir das Herz, nur an sie zu denken. Nein, sie sind einfach – Vögel, für die die Reise keine Mühe ist – sie schwingen sich hoch hinauf, außer Sicht, mit einem einzigen Schlag eines zarten Flügels … Aber Vögel sind, ach je, so herzlos!

Es ist ein Tag zum Fürchten; langer kalter Regen, ein heimatloser Wind, der an den Fenstern schluchzt, das Meer wie Asche. Ich sitze in meinem kleinen Zimmer in einer Ecke, eingewickelt, einen heißen Backstein an den Füßen. Ich muss heute hart arbeiten – dem Himmel sei Dank für festgelegte Arbeit – Arbeit, die getan werden muss. Bogey, mein Liebling, mein Schatz, sag mir, wenn meine Rezensionen den Anforderungen nicht genügen – kritisiere sie & *bitte*, lass mich das Lit. Sup. [Times Literary Supplement] sehen. Ich bin hier wirklich ziemlich verloren ohne es – Wenn Du es mir nicht schicken kannst, werde ich direkt schreiben. Lass es mich einfach wissen. Könnte ich nicht das Büro-Exemplar haben?

1ter November. Sechs Monate bis Mai. Lass mich danach nicht wieder allein. Ich bin nicht dazu geschaffen, allein zu leben, nicht mit einem Feind. Angesichts der Tatsache, dass ich L. M.[84] so hasse, wie ich es tue, hätte ich an einen Ort wie Mentone gehen sollen, wo ich manchmal einen kleinen Spaziergang ohne Anstieg machen und den Fensterladen aufstoßen könnte, hinter dem ich lebe. Aber Arbeit Arbeit Arbeit – An Dein Kreuz ich klammere mich[85] (wieso muss es ein Kreuz sein. Ach wieso! Was für eine Frage, um sie im Alter von 31 Jahren zu stellen!) (Aber ich stelle sie *trotzdem.*) Sechs Monate. Bogey. Lass uns über sie hinwegblicken und einander signalisieren. Nur sechs Monate zu überqueren – einen Berg pro Monat – sechs Berge & dann ein sanftes stilles ruhiges Tal, in dem kein Wind weht – nicht einmal einer, der gerade stark genug wäre, um die ein-Uhr-Pusteblumen zu zerzausen – Und wir halten uns dort verborgen – *Liebe* mich. Du MUSST mich lieben –

so sehr, wie ich Dich liebe. Schick mir ein sehr tapferes Stück Liebe, damit ich es an meinen Busen heften kann.

Wig.

17. XII. 19.

Als ich ins Bett gegangen war, erkannte ich, was dazu geführt hatte, dass ich ›zusammengebrochen‹ war. Es war die Anstrengung auf den Beinen zu sein, mit einem Herzen, das nicht arbeiten wollte. Gar nicht meine Lungen. Meine Verzweiflung verschwand ganz einfach – ja, ganz einfach. Das Wetter war herrlich, jeden Morgen kam die Sonne herein & zeichnete diese Vierecke aus goldenem Licht an die Wand. Ich sah um mein Bett herum auf einen Himmel wie Seide. Der Tag öffnete sich langsam, langsam wie eine Blume & er hielt die Sonne lange, lange fest, bevor er sich langsam, langsam wieder schloss. Dann verschwand mein Heimweh. Ich wollte nicht nur nicht in England sein, ich fing an, Italien zu lieben – und der Gedanke daran – die Sonne – selbst wenn sie zu heiß war, immer die Sonne – und eine Art *Ganzheit*, in der zu baden wohltat.

Nach ein paar Tagen begannen Js Briefe als Antwort auf *meine* deprimierten Briefe einzutreffen. Es war eine ganze Serie. Als ich deprimiert war, wurde er *auch* deprimiert, aber nicht *wegen mir,* und schrieb (1) über das Leid, das ich ihm verursachte: *sein* Leid, *seine* Nerven, *er* war nicht aus Peitschenschnur oder Stahl gemacht, die Frucht war *für ihn* bitter. (2) ein stetes Gejammer wegen Geld. Er hatte keins: er sah keine Chance, welches zu bekommen, ›drückende Schulden‹, ›wie Du weißt, bin ich bankrott‹, ›Ich weiß, es klingt gefühllos‹, ›Ich kann es nicht ertragen‹. Diese Briefe, besonders die Briefe über Geld, schnitten wie ein Messer durch etwas, das zwischen uns gewachsen war. Sie veränderten die Situation, zumindest für mich, für immer. Zwei Jahre lang waren wir in eine Beziehung hineingedriftet, die anders war als alles, was ich je gekannt hatte – wir waren füreinander *Kinder* gewesen, offen eingestandene Kinder, die einander alles erzählten, jedes gleichermaßen *abhängig* vom anderen. Davor war ich der Mann gewesen und er die Frau & er war nie gefordert gewesen, sich wirklich zu bemühen. Er hatte nie wirklich für mich ›gesorgt‹. Als wir uns kennenlernten, war vielmehr ich es, die für ihn sorgte, und anschließend hatten wir uns immer (mehr oder weniger) wie befreundete Männer verhalten. Dann diese Krankheit – die schlimmer & schlimmer wird & mich in eine Frau verwandelt und von ihm verlangt, sich selbst in den Hintergrund zu stellen & Dinge für mich zu *tragen*. Er hielt sich wunderbar. Eine große Hilfe war, dass es eine ›romantische‹ Krankheit war (seine Liebe zu ›romantischen Erscheinungen‹ ist *unglaublich* real) und dass wir miteinander ›Kinder‹ waren, gab uns zudem eine praktisch unbegrenzte Chance, Leben zu *spielen* – nicht zu leben. Es war Kinderliebe.

Ja, ich denke, die wundervollste, die strahlendste Liebe, die diese Erde kennt: schrecklich selten. Wir hatten sie. Aber wir waren nicht *rein*. Wenn wir es gewesen wären, hätte er sich bereitgefunden, mit mir wegzugehen. Und das tat er nicht. Er hätte nicht gesagt, er sei zu müde, um genug zu verdienen, um uns hier zu finanzieren. Er weigerte sich immer, sich dem zu stellen, was es bedeutete – zwei Jahre mit nicht viel Geld nur mit mir allein zusammen zu leben. Er *sagte* – & ¾ von ihm glaubte – ich könnte die Belastung und dazu deine Krankheit nicht ertragen. Aber es war eine Lüge & ein Eingeständnis, dass zwischen uns nicht alles gut war. Und ich habe es immer gewusst. Dennoch spielte ich mit & *klammerte* mich sogar noch im Oktober an ihn – immer noch das Kind – sah als unsere Rettung ein Haus auf dem Land in England *nicht später als nächsten Mai* & dann nie wieder getrennt zu sein … Die Briefe – machten all dem ein Ende. *Waren* es die Briefe? Ich darf etwas anderes nicht vergessen.

Diese ganzen 2 Jahre war ich besessen von der Angst vor dem Tod. Sie wuchs & wuchs & wuchs ins *Gigantische* & sie war es, die mich dazu brachte, so zu klammern, denke ich. Vor zehn Tagen – verschwand sie – ich ängstige mich nicht mehr. Es lässt mich absolut kalt. Das war es & vielleicht die Briefe. Dahin ist meine kindliche Liebe, dahin mein Wunsch, in England zu leben. Ich möchte nicht mehr unbedingt mit ihm leben. Ich würde gern, wenn es sich irgendwie einrichten ließe, aber *bitte keine Opfer*. Und dieses Anlehnen, dieses ein »kleiner wundervoller Schatz« zu sein, das ist nicht mehr vorstellbar. Ich will *arbeiten* – reisen – eine gute Hilfe anstelle von L.M. finden – & das ist alles. Wirklich alles? Ja, alles. Ich bin Mutter geworden. Ich schere mich keinen Deut um ›die Leute‹. Ich werde Jack immer lieben & seine Frau sein, aber ich könnte nicht zu dieser Qual – Freude – diesem süßen Wahn der anderen Jahre zurückkehren. Eine derartige Liebe ist für mich dahin. Und das Leben bleibt entweder, oder es geht.

Ich muss hier einen Traum niederschreiben. Am ersten Abend, als ich hier im Bett lag – das heißt, nach meinem ersten Tag im Bett, schlief ich ein. Und plötzlich spürte ich, wie mein ganzer Körper *zerbrach* – er zerbrach mit einem heftigen Schock – einem Erdbeben, & er zerbrach wie Glas. Ein langes, schreckliches Erschauern, verstehst du, & das Rückgrat & die Knochen und jedes Stückchen & jedes Partikelchen bebten. Es hallte in meinen Ohren wider – ein gedämpftes, verworrenes Dröhnen, und da war ein Gefühl von blitzender, grünlicher Brillanz, wie von zerbrochenem Glas. Als ich aufwachte, dachte ich, es hätte ein schweres Erdbeben gegeben. Aber alles war still. Langsam dämmerte mir – die Überzeugung, dass ich in jenem Traum gestorben war.[86] Ich werde jetzt weiterleben – vielleicht Monate, oder Wochen oder Tage oder Stunden. Zeit existiert nicht. In jenem Traum starb ich. Der *Geist*, welcher der Feind des Todes ist & derart bebt & derart hartnäckig ist, wurde aus mir herausgeschüttelt. Ich *bin* (15.XII.1919) eine tote Frau & *es ist mir egal.* Vielleicht tröstet es andere zu wissen, dass man es aufgibt, sich etwas daraus zu machen, aber sie würden es genauso wenig glauben wie ich, bis es geschah. Und oh – wie fest es mich im Griff hatte – wie ich das Leben *liebte* & den Tod *fürchtete.* Ich möchte meine Bücher schreiben & noch ein wenig glückliche Zeit mit Jack verbringen (kein großes Zutrauen, was das betrifft) und Lawrence an einem sonnigen Ort sehen & Veilchen pflücken – alle Arten von Blumen. Oh, im Grunde möchte ich einen ganzen Haufen Dinge tun, wirklich, aber es macht mir nichts aus, wenn ich sie nicht tue.

Diese stille Schlichtheit, diese tiefe schlichte Liebe *existiert* nicht. Sie existierte nur, bis wir sie auf die Probe stellten. Dann, als ich aufschrie, schlug Jack mich – weil es ihm wehtat, mich zu hören – ich machte seinem Spiel ein Ende, ich war der Grund, dass das Haus auf den Kopf gestellt wurde ... Wie klar das alles ist. Sobald ich, als tragische Figur, ihn in den Schatten stellte oder ihn in den Schatten zu stellen drohte (ja, genau das ist die Wahrheit), kam die Wahrheit an den Tag. Er war derjenige, der eigentlich die *ganze* Tragik für sich wollte. Es muss ein schrecklicher Schlag gewesen sein, zurückzustecken ... Ich bin froh, dass es vorbei ist. Ich würde es nicht zurückhaben wollen. Ehrlichkeit – (wieso?) – ist das Einzige, was man mehr als das Leben zu schätzen scheint, mehr als Liebe, Tod, alles. Sie allein bleibet. Oh ihr, die ihr nach mir kommt – werdet ihr es glauben? Am Ende ist die *Wahrheit* das einzige, *was zu haben sich lohnt* – sie ist aufregender als die Liebe, freudiger, & leidenschaftlicher. Sie kann einfach *nicht* versagen. Alles andere versagt. Ich jedenfalls widme den Rest meines Leben ihr & nur ihr allein. (15. XII. 1919) Ich möchte eine *lange lange* Geschichte hierüber schreiben & sie »Letzte Worte an das Leben« nennen. Man *sollte* sie schreiben, und eine weitere über das Thema HASS.

1920

Februar

Der Postbote war so spät dran. Sie läutete und fragte das ewige déjà passé & hörte das ewige ›pas encore Madame.‹ Endlich erschien Armand mit einem Brief von ihm & den Zeitungen. Der Brief. Sie las – sie las bis »gib mich nicht gänzlich auf«. Als sie diese Worte las, geschah es erneut – erneut schien es ein furchtbar lautes Beben & Zittern zu geben, ihr Herz machte einen Satz, sie sank im Bett nieder. Sie fing an zu weinen und konnte nicht aufhören. War er aus Stein – dass er davon redete, einander aufzugeben. Die grausame – die entsetzliche eiskalte Grausamkeit. Sag niemals wieder, dass du Phantasie besitzt – sag niemals, du besitzt die Fähigkeit zu lieben und dass du weißt, was Mitleid ist. Du hast Dinge zu mir gesagt, die mich für immer verwundet haben. Ich muss weitermachen, aber ich bin für immer von dir verwundet.

Die erste Glocke ertönte. Sie stand auf. Sie begann, sich anzukleiden, weinend & frierend. Die zweite Glocke. Sie setzte sich hin & stählte sich – ihr Hals schmerzte, schmerzte. Sie trug eine dicke Schicht Puder auf & ging nach unten. Im ascenseur: Armand cherchez-moi une voiture pour deux heures juste. Und dann eineinviertel Stunden im hell gleißenden lauten salle, wo sie Wein trank, um mit dem Weinen aufzuhören & sah, wie die Tiere das Essen in sich hineinschaufelten. Die Kellnerin ruckte immer wieder an ihrem Stuhl und bot ihr Essen an. Es hatte keinen Zweck. Sie verließ den Raum & ging nach oben, aber das war fatal. Habe ich ein Zuhause? Eine kleine Katze? Bin ich die *Frau* irgendeines Mannes? Ist alles vorbei? Nie sagt er mir etwas – nie – nur all diese absolut selbstbezogenen Briefe und jetzt nur noch diese kurzen Notizen. Was wird als Nächstes kommen? Er *fragt*, ob ich glaube, dass er mich liebt & sagt »gib mich nicht auf«, aber so, als sei er *absolut gefasst* darauf. Sie schrieb das Telegramm. Er bringt mich um, bringt mich um. Er will frei sein – das ist alles.

Sie zog sich an & ging hinunter in die grässliche Halle, weil sie dort, wo alle monde Kaffee trinkt & Zigaretten raucht, nicht zu weinen wagt. Ein kleiner Brougham mit einem langsamen alten Mann fuhr vor. Sie stieg ein. A la poste. Oh, diese kleinen Broughams, was habe ich in ihnen nicht schon alles durchgemacht – das blaue knopfgepolsterte Innere, die blauen Kordeln & elfenbeinfarbenen Troddeln, alles, alles. Sie lehnte sich zurück & lüftete ihren Schleier & trocknete ihre Tränen. Aber es nutzte nichts. Das Postamt war voll. Sie musste in einer Schlange vor dem Telegrammschalter warten, zwischen grässlichen Männern, die über ihre Schulter hinweg schrien – grässliche Männer. Und jetzt – wohin? Etwas sal volatile [Riechsalz] beim

Drogisten. Während er ihre Bestellung zurechtmachte, ging sie mit schnellen Schritten im Laden auf & ab und rang die Hände. Da war eine Schachtel Kolynos-Zahnpasta. Sie erinnerte sie an Jack. Jack in ihrem Zimmer, der darüber sprach, wie gut sie schäume und sagte, er würde seine hierlassen. Vier Francs fünfundsiebzig.

Sie kaufte und nahm die Mixtur, & jetzt – wohin. Sie stieg in die Kutsche, der alte Mann hing an der Tür. Sie konnte nicht sprechen. Plötzlich kam auf der anderen Straßenseite, mit sehr ernstem Gesicht, Jinnie[87] daher. Sie überquerte die Straße & ergriff ihre Hand sagte »Deo gratias«. Und schwieg dann einen Moment. Dann sagte sie plötzlich »Komm mit & geh mit mir zu Rendall. Lass es uns gleich jetzt erledigen.«

Sie warteten in einem sehr stillen Zimmer, *üppig ausgestattet* mit Büchern und alten dunklen Drucken & dunklen, auf Hochglanz polierten Möbeln. Jinnie ging für ein Vorgespräch hinaus & kam dann zurück, um sie zu holen und sie betraten das Sprechzimmer des Arztes. Er war klein, trocken, mit einem gestutzten Bart & schönen, wissenden Augen. Ein Feuer brannte, überall waren Bücher – auch deutsche Bücher, die sie an Croft Hill[88] erinnerten. Jinnie blieb, während wieder einmal die lange vertraute sorgfältige Untersuchung vorgenommen wurde. Der Arzt gab sich unendliche Mühe. Als er fertig war, zog sie sich an & Jinnie sagte: Herr Doktor, es ist mein größter Wunsch, diese – diese kleine Freundin von mir zu heilen. Sie müssen sie mir überlassen – Sie müssen mir erlauben, es zu tun.« Und nach einer Pause, die die andere für endgültig hielt, sagte er »Ich denke, es wäre für sie ideal, bei Ihnen zu sein. Sie sollte weder Lärm ertragen müssen, noch den ständigen Anblick abstoßender Menschen. Sie ist hochgradig empfindsam & ihre Krankheit – von derart langer Dauer – hat diese Empfindsamkeit tausendfach vergrößert.« Er war still, ernst, sanft. Oh, wenn es ihnen möglich gewesen wäre, mein Herz zu kennen oder zu sehen, das von einem Messer durchbohrt & durchbohrt worden war. Aber sie brachte ein Lächeln zustande & dankte dem Arzt, & dann brachte Jinnie sie zum Brougham zurück & es wurde abgemacht, dass sie in einer Woche abreisen würde.

Den ganzen Nachmittag über hatte sie Goldlack gesehen. Lass mich nie auch nur einen Stiel Goldlack haben, falls ich je einen Garten habe. Oh Qual des Lebens! Oh bitteres bitteres Leben! Er warf sie einfach weg – nun ja »gib mich nicht gänzlich auf.« Es erinnerte sie an Goldlack & Shakespeare. Ja, wie Perdita im *Wintermärchen* keine Nelken in ihrem Garten haben wollte. »Bastarde der Natur will man sie nennen.«[89] Sie kam zurück in ihr Zimmer & legte sich hin. Es war wieder wie in Bayern – bloß schlimmer schlimmer – & jetzt konnte sie keine Arznei nehmen – oder irgendetwas. Sie musste es einfach *ertragen und weitermachen*.

An J. M. Murry

[L'Hermitage, Menton]
Mittwoch. Nein. Doch.
[11. Februar 1920]

Mein teurer Schatz,

Dein Samstagabendbrief mit der ›Erklärung‹[90] ist angekommen. Sag kein weiteres Wort darüber. Lass es uns nach diesem Brief ganz beiseite legen. Ja, in Ospedaletti hatte ich das Gefühl, dass Du Dich weigerst zu verstehen und ich fühlte, dass Du Dich, seit ich dieses Mal im Ausland bin, von mir abgewandt hast – Dich absolut von mir zurückgezogen hast. Ich kam mir vor wie eine Person in einem offenen Boot, die von beängstigenden Wellen hin und her geworfen wird und ruft und fleht, gerettet zu werden & Du hast mich von Deinem Schiff aus gesehen, aber Du wolltest mich nicht sehen oder mich retten, weil Du nicht aus Peitschenschnur oder Stahl gemacht bist. Ja, Boge, es war ein Schmerz, wie Du ihn, wie ich glaube, niemals kennen könntest. Aber er ist vorbei und er hat mich etwas gelehrt und ich bedaure ihn nicht. Inzwischen könnte ich mich ihm zuwenden und ihn küssen. Ich kann nicht näher darauf eingehen, was er mich gelehrt hat, aber der Unterschied ist da. Es musste sein. Wenn ich *tod*ernst sein soll, muss ich sagen, dass ich an das Rätsel glaube: *aus dem Bösen wird Gutes kommen*.[91] Aber nun – leg das alles beiseite, mein Ein und Alles. Und Du musst das Wort *verzweifelt* in Bezug auf unsere Beziehung wirklich aufgeben. Lass es nicht existieren. Unternimm keine Anstrengung, mich zu lieben – mein dummer Liebling – oder Emaillelöffeln nachzuhängen.[92] Denk einfach daran: *Dass Ich Von Nun An Nicht Krank Bin.* Weil das die Wahrheit ist. Also stütze Dich auf mich, gib mir Deine Sachen, damit ich sie halten kann, vertrau Dich mir an, beunruhige mich, behandele mich als Deine Frau. *Ruhe* Dich einfach beim Gedanken an mich aus. Es ist absurd, wenn Du sagst, dass Du kein guter Geliebter bist. Das ist einfach nur Unsinn und es ist mir gegenüber nicht fair. Ich will keinen Sklaven und Bewunderer, mein Geliebter. Du wärst ein absolut erbärmlicher Sklave & Bewunderer. Als Geliebter bist Du – nun, einfach nur Du – einfach nur mein ganzes Leben und meine ganze Freude und mein ganzer Stolz. Nenn mich Deinen ›Wurm‹ – das ist gut genug für mich. Aber lass uns das alles hinter uns lassen – was gewesen ist – ist gewesen. Und denk daran, *verzweifelte* Anstrengungen sind nicht erlaubt. Da ich keine Intellektuelle bin, scheine ich die Dinge immer unter Lebensgefahr lernen zu müssen – aber ich lerne sie. Lass uns von nun an weise sein, echte, wirkliche Liebende. Lass uns von heute an im Heron[93] leben, von eben dieser Minute an & ich werde über Dich frohlocken und falls es keine zu große Mühe ist – lieber Liebster – versuch, über mich zu frohlocken. Das ist alles.

Am Sonntag ziehe ich in die Villa Flora. Alles ist arrangiert.

Deine
Wigchick

[*Quer über oberen Teil des Briefes*]
Sag Wing, er soll Dich in beiden Augen behalten & wenn Du wieder verschwindest, müssen er und Athy Dich aufspüren und hauen – aber nicht fest.

An J. M. Murry

Villa Isola Bella.[94]
Sonntagnachmittag/19. September 1920

Mein geliebter kleiner Gefährte,
Es stimmt – nicht wahr? – dass wir jeden einzelnen Sonntag einen Spaziergang machen werden? Die ganze Woche arbeiten wir schwer – Du in jener entsetzlichen schwarzen Stadt, die ich hasse, ich auf meiner schönen Insel, aber wenn der Sonntag kommt (das war mein erster Gedanke heute morgen) machen wir uns fein und kurz nach midi höre ich jenes ersehnte, aber recht eigenartige, recht komische Pfeifen. Ich laufe ans Fenster und unter mir steht eine wunderschöne Vision in einem verblichenen, sehr oft gewaschenen cremefarbenen

Leinenhemd, Leinenhose, einer scharlachroten Bauchbinde – einem breitkrempigen silbergrauen, ein klein wenig schief sitzenden Hut. Ich werfe ihr eine Kusshand zu, wirbele die Treppe hinunter, und wir ziehen los. Aber diese Woche zumindest werden wir nicht weit gehen – nur so weit, dass die Welt uns nicht mehr sehen kann – das ist weit genug. Denn Deine Wig ist immer noch so schwach, dass sie nicht gerade gehen kann – manchmal werfe ich mich gegen die Türen oder mache einen großen hohen Schritt in die Luft. Aber ich *bin* wirklich auf dem Weg der Besserung, lieber Schatz, und was meinen Husten angeht – stell Dir vor – ich bin seit fünf Tagen hier & huste so gut wie gar nicht. Heute morgen habe ich wirklich *überhaupt nicht* gehustet und kann mich nicht erinnern, ob ich es bis jetzt, sechs Uhr abends, getan habe. Ich muss nach dieser ›Attacke‹ nur wieder zu Kräften kommen. Das ist alles über mich, lieber Schatz.

(Ich habe Dir so viel zu erzählen. Ich erzähle es Dir im Geist und dann ist die Anstrengung des Schreibens zu groß. Verzeih für diese Woche einem infernalisch langweiligen Mädchen.)

Mein Gefühl für dieses kleine Haus sagt, dass es irgendwie unseres sein sollte. Es ist, finde ich, auf seine Art ein perfektes Haus und genau unsere Größe. Die Lage – eine Seitenstraße hinauf, die von einer Seitenstraße abgeht – hoch oben – ganz allein für sich – die wichtigsten Zimmer nach Süden & Westen – der Garten, die Terrasse, alle nach Süden, ist ideal. Du könntest Dich um den Garten kümmern. Es gibt ein kleines Gemüsebeet vor Küche & Spülküche – und ein ziemlich großes Areal vorne hinaus – *voller* Pflanzen & Bäume – mit einem Wasserhahn und einem weiteren Beet an der Seite – einen Weg – eine Steinterrasse mit Blick aufs Meer – eine große Magnolie – eine Palme, die aussieht, als müssten Datteln reifen. Du wirst Fotografien von allem bekommen. Und dann ist es innen so solide und irgendwie so – geräumig. Und alles auf zwei Stockwerken und außerdem alle Küchenräume abseits – weggesperrt und wiederum perfekt ausgestattet. Ich werde natürlich strengstens Buch führen und genau sehen, was es uns kosten würde, hier zu leben. [...]

Dienstag. Ich ließ diesen Brief fallen und nehme ihn erst heute wieder zur Hand. Deine Karten kamen & Dein Schatz von einem Brief, *mein einziger Junge*, und ich sehne mich danach, zu antworten – ich antworte sozusagen immerzu. Es gibt so viel zu erzählen & abgesehen davon habe ich die Zeitung – deinen Stendhal,[95] so erstklassig – die Bücher, die Du mir geschickt hast. Und ich habe Dir immer noch nicht von diesem Haus erzählt oder von dem Leben oder der Aussicht oder wie Dein Zimmer aussieht. Das alles wartet. Wirst Du – mein weiser verständnisvoller Junge – mich und es für ungefähr eine Woche einfach so hinnehmen? In einer Woche werde ich eine erquickte Riesin sein – aber nach dem letzten Schlag muss ich einfach wieder zu Kräften kommen.

Du weißt jedoch, wie schnell ich wieder an die

Oberfläche komme. Es hat mich wirklich heruntergezogen. Es sind nur ein paar Tage. Es ist vorbei. Ich bin auf dem Weg nach *oben*, und doch ist es nun einmal so – nur für den Augenblick. Jeden Tag findet das Haus seine Ordnung gefestigter und rechter (das ist kein Englisch). Marie erledigt wirklich alles. Ich lasse eine Markise anfertigen, damit ich den ganzen Tag draußen liegen kann. Das Wetter ist absolut strahlender Glanz – Tag für Tag, nur unterbrochen durch diese heftigen Gewitter. Es ist *sehr* heiß & die Insekten sind eine Plage – aber es ist perfektes Wetter für Dich & mich hier. Ich tue alles, was weise ist.

Lieber Schatz. Ich muss Dich bitten, das Winken einer lilienweißen Hand für den Moment so zu nehmen, als bedeute es *alles*. Ja, ich schicke diese Woche eine Rezension. Ich stelle fest, dass die Romane schnell herüberkommen. Ich werde drei zusammen machen. Kannst Du Wing mitbringen, wenn Du Weihnachten kommst? Ida sagt, falls nicht, kann sie rüberfahren & beide holen, wenn Du das Haus aufgibst. Sie wären hier glücklich.

Ich *wünschte*, ich wäre kräftiger. Es geht mir so *viel* besser. Mein Husten ist fast weg. Es ist nichts als de la faiblesse & ich weiß, sie wird vorbeigehen. Aber nicht in der Lage zu sein, Dir alles zu geben, wo ich es mir so wünsche – das ist schwer zu ertragen. Die Zeitungen kommen, danke Dir Liebster.

Deine Dich liebende

Wig.

Dezember

Die Veränderung.

Lange Zeit sagte sie, sie wolle nichts an ihm ändern, und meinte es auch. Und doch hasste sie Dinge an ihm und wünschte, sie wären anders. Dann sagte sie, sie wolle nichts an ihm ändern und meinte es auch. Und die dunklen Dinge, die sie gehasst hatte, betrachtete sie nun mit Gleichgültigkeit. Dann sagte sie, sie wolle nichts an ihm ändern. Aber nun liebte sie ihn so, dass sie selbst die dunklen Dinge ebenfalls liebte. Sie wollte, dass sie da waren; sie war nicht gleichgültig. Sie waren immer noch dunkel und seltsam, aber sie liebte sie. Und genau darauf hatten sie gewartet. Sie veränderten sich. Sie warfen ihre Dunkelheit ab – der Fluch hob sich, und sie erstrahlten aufs Neue als Prinzen von königlichem Geblüt, als Lichtgestalten.

Isola Bella.

27. Dezember. Als ich die kleine Zeichnung seitlich in den Rahmen des Spiegel steckte, erkannte ich, dass dem Zimmer das Siegel – das Mal – das cachet rouge – aufgedrückt worden war. Es war damit zum Zimmer dieser beiden geworden – und nicht mehr ihr Zimmer. Nicht etwa, dass das Zimmer vorher tot gewesen wäre, aber wie es an Leben gewonnen hat! Woher kommt das winzige Bouquet aus Mandarinenfrüchten, der Leimtopf auf dem Schreibtisch, die Hühnerfeder, die in Ribnis[96]

Haaren steckt, die Hornbrille auf der chinesischen Stickerei. Die ›Ordnung‹, in der ich lebe, ist nicht verändert, aber bereichert worden – auf eine seltsame Weise ist sie vergrößert worden.

Das ist *en effet* einfach die Wirkung von Jacks Geist auf meinen. Die geheimnisvolle Folgerichtigkeit unserer Beziehung! Und all die Dinge, die er meinem Geist auferlegt, gefallen mir so sehr, dass sie mir ganz *natürlich* scheinen. Alles ist Teil des Gefühls, dass er und ich, unterschiedlich über den Traum von Unterschiedlichkeit hinaus, dennoch ein *organisches Ganzes* sind. Wir sind, wie ich gestern sagte, die beiden Seiten der Medaille – ungleich, unterschiedlich, und doch ergeben sie eins. Ich habe nicht das Gefühl, dass ich einen anderen brauche, um mein Sein zu erfüllen, und doch besitze ich durch Jack etwas, was ich ohne ihn nicht hätte. Tatsächlich sind wir – von allem anderen abgesehen – insofern Kritiker füreinander, dass er mich ›sieht‹ – ich sehe mich als mehr widergespiegelt, als ich scheine, aber nicht als mehr, als ICH BIN, und so, glaube ich, ist es auch bei ihm. Beieinander zu sein ist also von allem anderen abgesehen *ein Akt des Glaubens an uns selbst.*

… Gerade eben war ich draußen im Garten. Es ist sternenklar und mild. Die Blätter der Palme sind wie herabhängende Federn; das Gras sieht weich aus, unwirklich, wie Moos. Das Meer rauschte, und eine kleine Glocke läutete, und man stellte sich vor – war es real, war es Phantasie – dass man einen ganzen Klangkörper hörte, dass man alle

Vorbereitungen auf die Nacht aus dem Inneren der Häuser hörte. Jemand bringt aus dem dunklen, vom Lampenlicht gesprenkelten Hof Holz herein, die Abendmahlzeit wird vorbereitet, Kohle wird in kleine Stücke gebrochen, das Geschirr klappert, eine leise Bewegung auf der Treppe & in Fluren & Türdurchgängen. In dämmrigen Zimmern, deren Läden geschlossen sind, schlagen Frauen, ernst & still, die Betten auf und vergewissern sich, dass Wasser in den Krügen ist. Kleine Kinder geben leise Geräusche von sich.

Ist es immer so, dass man, wenn man einen Stern betrachtet, das Gefühl hat, dass die anderen Sterne tanzen, flackern, die Plätze tauschen – fast absichtlich ein Spiel spielen, um einen zu verwirren. Es ist seltsam, dass es Zeiten gibt, in denen ich das Gefühl habe, dass die Sterne überhaupt nicht *feierlich* sind: insgeheim sind sie fröhlich – dieses Gefühl habe ich heute Abend. Ich saß im Rohrsessel und lehnte mich an die Wand. Ich dachte daran, dass Jack sich in diesem kleinen Haus aufhält, an das ich mich lehnte – in Reichweite – in Rufweite. Ich erinnerte mich, dass es eine Zeit gab, da dieser Gedanke eine Ablenkung gewesen wäre. Oh, es mag eine süße Ablenkung gewesen sein – aber so war es! Es beeinträchtigte meine Kraft zu arbeiten – ich machte ihn, sozusagen, zu meiner Kurzgeschichte. Aber diese Zeit gehört der Vergangenheit an … Man ist darüber *hinausgelangt*.

An Virginia Woolf

Villa Isola Bella/Garavan/Menton
morgens
27.XII.1920

Meine liebe Virginia

Bitte sprich nicht von Triumph,[97] nicht einmal im Scherz. Es macht mich furchtbar verlegen. Ich wünschte, eines Tages würde ich Deinen langen, großzügigen Brief verdienen – aber dieser Tag liegt in weiter Ferne, das ist mir klar. Dank Dir trotzdem dafür. Noch dazu kam er am Weihnachtstag und war daher ein zweifaches Geschenk.

Ich denke oft an Dich – sehr oft. Ich sehne mich danach, mit Dir zu reden. Hier gibt es endlich Zeit zum Reden. Wenn Virginia durch das Tor käme & sagte »Nun denn – Katherine« – oh, es gibt tausend Dinge, die ich gern besprechen würde.

Ich frage mich, ob Du weißt, was Deine Besuche mir bedeuteten – oder wie sehr ich sie vermisse. Du bist die einzige Frau, bei der ich mich danach sehne, über die *Arbeit* zu reden. Es wird nie eine andere geben.

Aber Welten trennen uns. Ich habe dieses kleine Haus bis Ende 1922 gemietet. Vielleicht möchtest du vorher hierherkommen. Es ist auf dem Land & es gibt einen Garten & eine Steinterrasse. Es ist abgelegen, aber nicht einsam. Man lebt wieder nach dem Himmel – nach den Veränderungen von Wolken & Licht. Wann immer ich an Asheham[98] denke, sehe ich Wolken – große, goldene, diesige Wolken, die langsam über die Downs dahinziehen –

Oh, wie schön das Leben ist, Virginia, es ist unglaublich schön. Würde man ewig leben, es wäre nicht lang genug. Manchmal sitze ich auf der Mauer und beobachte, wie die Sonne & der Wind über das hohe Gras & die wilden Orchideenblüten riffeln & ich fühle mich – – – einfach hilfslos angesichts dieses Wunders.

Leb wohl liebe Freundin. (Darf ich Dich so nennen.)

Immer Deine

Katherine.

1921

An Ida Baker

[Villa Isola Bella, Garavan, Menton]
Dienstag.
[8. März 1921]

Das hier ist nur ein kurzes Briefchen, um Dich wissen zu lassen, dass tout va bien à la maison.[99] Es ist der Spätnachmittag eines wundervollen Tages. Der heftige Abendregen, der Jacks Hose zu Wasserspeiern machte, fiel wie ein Segen auf den Garten. Als ich heute hinausging, roch die Luft nach Moos, und jede Goldlackblüte hatte eine Biene. Die Pfirsichblätter sind wie Hänflingsfedern; die Äste der Feige zeigen einen Hauch von Grün, der Schneeball steht kurz vor der Blüte. Ich musste die Osterglocken anheben & wieder auf die Beine stellen und den umgekippten Freesien einen Finger reichen. Aber nichts ist zu Schaden gekommen. Und was den weißen Rosenstrauch an Tor & Gaszähler angeht, der ist mit Tausenden von winzigen satinfeinen Büscheln übersät. Es ist ein wundervoller kleiner Garten, wenn man aus seinem Schneckenhaus herauskommen & ihn sich ansehen kann. Aber was hülfe es dem Menschen, etwas zu betrachten, wenn er nicht *frei* ist?[100] Solange man nicht frei ist, sich ganz und gar dem Stiefmütterchen hinzugeben – wird einem nichts gegeben. Es ist promiske Liebe anstelle einer lebendigen Beziehung – etwas Totes. Aber so ist es nun einmal – Und meine Drüse ist aus irgendeinem Grund sehr viel angeschwollener. Das Blut zwängt sich pochend hindurch wie ein beharrliches kleines Hämmern und diese ganze Seite meines Kopfes ist taub. Es ist eine üble Sache.

Ich hoffe, du hattest eine gute Reise. Würdest Du mir bitte unverzüglich kabeln, wenn du Geld brauchst & ich werde Dir welches kabeln, das meine ich s.[ehr] ernst. Geh nicht zuerst zu anderen Leuten. Ich kann im Augenblick so leicht überziehen: Es kümmert mich keinen Deut. Aber Du musst Dich in London ordentlich ernähren, iss nahrhafte Sachen – nicht nur Scones & Kaffee, und Du musst Taxen nehmen. Kauf kein Essen in Tüten. Lass Dir von Violet Porridge, Schinken & Eier & Toast zum Frühstück machen. Das Klima dort ist die Hölle. Und trag einen dicken Schal, wenn Du ausgehst & wechsle Deine Schuhe & Strümpfe, wenn du zurückkommst. Und verbrenne Kohlen. Und sag Leuten, sie sollen Dich besuchen kommen, wenn Du sie sehen willst und lass Violet für sie kochen. Ich habe das Gefühl, Du wirst nie vernünftig genug sein, dafür zu sorgen, dass Du es warm hast und trockenes Schuhwerk trägst und genügend isst. Ich habe kein Zutrauen zu Dir.

Ich wünschte, ich wäre wieder im Haus in Hampstead,[101] hinaufgeweht auf den oberen Treppenabsatz, und dürfte mich eine Weile auf der Treppe aufhalten und vom Fenster aus nachsehen, ob die Zitronenverbene noch am Leben ist. Es hätte ein perfektes kleines Haus sein können: es ist nie zum Blühen gekommen. Und der Blick auf die Weiden – kahl jetzt, und das Zimmer, das meins war – so schön. Das Licht war immer wie das Licht in einer blassen Muschel.

Erzähl mir, was passiert. Nimm die Dinge leicht. Ich bitte Dich, mir ohne Zögern wegen Geld zu kabeln. Arbeite nicht zu hart.

Versuch, glücklich zu sein; achte darauf, dass Du gesund bleibst

Katherine.

An J. M. Murry

[Hotel Beau Site, Clarens-Montreux]
Montagabend.
[23. Mai 1921]

Liebster Bogey Liebling

Ich habe versucht, eine lange Erklärung der Gründe niederzuschreiben, wieso ich Dir gegenüber ein so distanziertes Gefühl hatte. Aber ich glaube, derartige Erklärungen bringen nicht das Geringste. Wenn Du hier wärst, könnte ich Dir binnen einer Minute erzählen, was ich empfinde – aber auf die Distanz – ist es anders – ich denke nicht, dass es gut ist.

Weißt Du, Liebling, was ich denke, was Liebe ist? Das Herauslocken von allem, was in der Seele des anderen am feinsten und nobelsten ist. Vielleicht ist der andere sich nicht bewusst, dass das passiert & doch ist er mit sich im Einklang – und das ist der Grund. So ist, denke ich, die *Beziehung* zwischen Liebenden, und auf diese Weise, weil sie einander ihre Freiheit geben (denn Sklaverei ist von Übel), »sollten« sie einander (nicht im moralischen Sinn) dienen. Mit Dienen meine ich, was Chaucer meint, wenn seine wahren Ritter sich fragen, was sie tun können, um ihrer Liebsten eine Freude zu bereiten.[102] (Aber die Dame muss, natürlich, gleichermaßen dienen.) Und natürlich meine ich nichts auch nur im Geringsten ›Oberflächliches‹. Tatsächlich meine ich genau das, was in den letzten Monaten in der Isola Bella zwischen uns war – eben das – immer perfekter.

Du fragst mich, wie es mir geht, Liebling. Es geht mir mehr oder weniger unverändert. Diese Erkältung war die schlimmste, die ich je hatte, seit ich krank wurde, und daher fühle ich mich körperlich schwach und ziemlich schattig. Mein Herz ist das Problem. Aber ansonsten fühle ich mich ... nun ja, Bogey, es ist schwer zu sagen. Nein, man kann nicht an *Gott* glauben. Aber ich muss *annähernder*, als ich es tue, an irgendetwas glauben. Als ich heute hier lag, erinnerte ich mich plötzlich an:

»Oh, ihr Kleingläubigen!«[103] Nicht Glauben an einen Gott. Nein, das ist unmöglich. Aber lebe ich so, als glaubte ich an *irgendetwas*? Lebe ich nicht nur in *flüchtigen Blicken*? Irgendetwas ist falsch; irgendetwas ist klein an einem solchen Leben. Man muss intensiver leben und man muss mehr KRAFT haben, zu leben und zu fühlen. Man muss seinen eigenen Lebensvisionen treu sein – in jeder einzelnen Einzelheit. Und das bin ich nicht. Als einziges bleibt, von heute an wieder einmal zu versuchen, stärker und besser zu sein – *ganz* zu sein.

So *geht es mir*, lieber Liebster. Gute Nacht.

Tig.

August 1921

Liebe,

Ein plötzlicher Einfall zur Beziehung zwischen ›Liebenden‹.

Wir sind weder männlich noch weiblich. Wir sind ein Kompendium aus beidem. Ich wähle den Mann, der das Männliche in mir entwickeln und ausweiten wird; er wählt mich, um das Weibliche in ihm auszuweiten. Um ›ganz‹ gemacht zu werden. Ja, aber das ist ein Prozess. Durch die Liebe diene einer dem anderen …[104] Und der Grund, wieso ich *einen* Mann dafür wähle statt vieler, ist die Sicherheit. Wir binden uns selbst innerhalb eines Rings, und dieser Ring ist gewissermaßen eine Mauer gegen die Außenwelt. Er ist unsere Zuflucht, unser Obdach. Hier werden die Tricks des Lebens nicht ausgespielt. Hier gibt es *Sicherheit*, damit wir *wachsen* können.

Ach du je, ich rede wie ein Kind!

An Ottoline Morrell

Chalet des Sapins/Montana-sur-Sierre/(Valais)/Schweiz
24.VII.1921

Liebste Ottoline,

Wirst Du mir eines Tages schreiben & mir erzählen, wie es Dir geht? Ich würde es so gerne wissen. Ich denke so oft an Dich und frage mich, wie Du diesen wundervollen Sommer verbringst. Er *ist* auch in England wundervoll – nicht wahr? Die Zeitungen stöhnen und japsen, aber das ist nur in London. Sicherlich ist es unter dem Ilex nicht zu heiß – oder *im* Teich.

Hier ist das Wetter einfach auserlesen. Wir sind so hoch oben (5000 Fuß über dem Meeresspiegel), dass ein kühler Lufthauch aus dem Himmel durchsickert, und die Wälder sind immer luftig … Ich kann mir nichts Schöneres vorstellen als diese Ecke der Schweiz. Sobald man den widerlichen Lac Leman & *Co.* hinter sich lässt, ist alles anders.

Sierre, ein kleines warmes, sonnenreifes Städtchen im Tal, war so perfekt, dass ich das Gefühl hatte, dort leben zu wollen. Es besitzt alle Blumen des Südens und ist heiter und »pittoresk« und voller Nachtigallen. Aber seit wir hinauf in die Berge kamen, scheint alles noch schöner. Wir haben hier für zwei Jahre ein kleines, aber nicht sehr kleines, Chalet genommen. Es ist recht abgelegen – auf einer Waldlichtung. Die Fenster blicken über Baumwipfel und über ein Tal hinweg zu schneebedeckten Gipfeln auf der anderen Seite. Die Luft fühlt sich wundervoll an und riecht noch wundervoller. Ich habe noch nie zuvor *in* einem Wald gelebt. Man tritt aus dem Haus & einen Augenblick später ist man zwischen den Bäumen verborgen. Und es gibt kleine Lichtungen und Haine voller Blumen, mit kleinen, eiskalten Bächen, die dazwischen glitzern. Es ist mir eine große Freude, dort auf einem Baumstumpf zu sitzen; wenn man nur ein kleines, grashüpferähnliches Geräusch des Lobpreises an *irgendjemanden* von sich geben könnte – des Dankes an *irgendjemanden*. Aber an wen.

M. und ich leben wie zwei kleine Stundenpläne. Wir arbeiten den ganzen Vormittag & vom Tee bis zum Abendessen. Nach dem Abendessen lesen wir uns gegenseitig vor und rauchen; an den Nachmittagen wandert er, während ich schleiche. Die Tage scheinen immer schneller zu vergehen. Eine strahlende Bedienstete, die Bauern-›Mieder‹ und weite Röcke mit Samtstreifen trägt, kümmert sich um alles. & obwohl das Chalet so arkadisch ist, *hat* es ein Badezimmer mit heißem Wasser & Zentralheizung für den Winter & ein Klavier & dicke Teppiche & Sonnenblenden. Ich bin zu alt, um mich nicht auch über diese kreatürlichen Bequemlichkeiten zu freuen.

Der einzige Mensch, den wir sehen, ist meine Cousine Elizabeth, die eine halbe Stunde Kraxeln entfernt lebt. Wir tauschen Chateaubriand und Körbe voller Aprikosen und führen gelegentlich lange Gespräche, die so ähnlich sind, wie Gespräche im Leben nach dem Tod sein werden, wie ich mir vorstelle … nachdenklich und voller Erinnerungen – obwohl nur der Himmel weiß, worum es dabei eigentlich geht. Wie seltsam das Reden ist – welche Nebel sich heben und senken – wie man den anderen verliert & dann denkt, man habe den anderen gefunden – dann senkt sich ein weiterer weicher Schlussvorhang … Aber es ist unglaublich, findest Du nicht auch, wie geheimnisvoll und isoliert wir alle sind – am Ende. Ich nehme an, man sollte diese Entdeckung ein für alle Mal machen, aber ich scheine sie immer wieder aufs Neue zu machen.

Mir scheint, dass Schriftsteller das nicht annähernd genug anerkennen. Sie geben vor zu wissen, was alles im Päckchen enthalten ist. Aber wie *soll* man es machen, ohne vage zu scheinen? […]

Liebste Ottoline. Ist das hier ein Schrecklich Langweiliger Brief? Ich fürchte, das ist er. Ich fürchte, »Katherine ist neuerdings so langweilig geworden.«

Aber ich schicke ihn mit viel Liebe, sehr *sehr* viel.

Katherine.

An Elizabeth, Countess Russell

[Chalet des Sapins, Montana-sur-Sierre]
[22. August 1921]

Liebe Elizabeth,

Es scheint eine so geringe Anerkennung, nur une reverence nouvelle für die Blumen zu machen! Ich bin Dir für einen ganzen Sommer voller Petunien und Kapuzinerkresse – nichts weniger – zu Dank verpflichtet. Nie werde ich es vergessen. Ich weiß, Du wirst mich verstehen, wenn ich sage, dass sie mir jedes Mal, wenn ich in den Salon gehe, einen neuen kleinen Schock des Entzückens versetzen; jedes Mal, wenn man sich über sie beugt, um sie zu begrüßen, entdeckt man neue Schönheiten. Ich habe einige meiner Petunien in eine Geschichte »umgepflanzt«, damit sie ein wenig länger leben, und jetzt halte ich Ausschau nach einer günstigen Ecke für eine ganze Feuersbrunst aus Kapuzinerkresse. Atmet irgendwo der Mann, was meinst du? – der die Liebe einer Frau zu Blumen versteht? Vielleicht ein sehr alter Chinese oder zwei. Aber ihrer Lyrik nach zu urteilen, fanden sie Kopfsalat so bewegend, was ich ein wenig schwer zu verstehen finde. Nicht, dass ich einen Kopfsalat nicht voll und ganz zu *schätzen* wüsste – aber es ist grüne Nahrung, über die sie singen –

Ein Schauder lief durch das Chalet des Sapins bei der Neuigkeit, dass Du in Italien bist! In Italien – nichts weniger. Italienische Arien erschallten an den Fenstern und wir verzehrten unsere kleinen Bergtrauben beim Abendessen in gänzlich anderer Stimmung. Aber ich hoffe, dieser Regen – hier so schön – fällt so weit weg nicht.

Werden wir Dich bald sehen. Oh weh! Wieso kann ich nicht ein einziges Mal den Hügel hinunterlaufen und sehr leise – nur ein einziges Mal – Elizabeth unter Deinen Fenstern piepsen.

Leb wohl

Alles Liebe von uns beiden

Katherine.

24. November In den letzten Tagen war ich schrecklich rebellisch. Sehnte mich nach irgendetwas. Ich fühle mich entwurzelt. Ich will Dinge, auf die Jack so leicht verzichten kann, die für ihn nicht selbstverständlich sind. Ich sehne mich nach ihnen. Aber dann, stärker als all diese Sehnsüchte, ist die andere, nämlich meine Versprechen einzuhalten, bevor ich irgendetwas anderes tue. Je schneller die Bücher geschrieben sind, je schneller ich gesund werde, desto schneller werden sich meine Wünsche der Erfüllung nähern. Das ist die nüch-

terne Wahrheit, natürlich. Als reine Tatsache betrachte ich die erzwungene Gefangenschaft hier als Gott-gegeben. Aber andererseits muss ich schnell das Beste daraus machen. Sie ist genauso wenig unbegrenzt wie alles andere. Oh, wieso – oh wieso ist nichts unbegrenzt. Wieso werde ich jeden einzelnen Tag meines Lebens von der Nähe des Todes und seiner Unausweichlichkeit verfolgt! Ich bin wirklich krank in dieser Hinsicht! Und ich kann nicht darüber sprechen. Wenn ich J. davon erzähle, macht es ihn unglücklich. Wenn ich es nicht tue, bleibt es allein an mir, dagegen anzukämpfen. Ich bin des Kampfes müde. Niemand weiß, wie müde.

An S. S. Koteliansky

CHALET DES SAPINS/MONTANA SUR SIERRE/VALAIS
[ca. 20. Dezember 1921]

Koteliansky,

ich möchte Dir zu dieser Zeit in Erinnerung an jenes andere Weihnachten schreiben, als Lawrence im oberen Zimmer in Elsie Murrays Cottage seine Party gab.[105] Dank Dir noch einmal für die Pralinen aus dem Wiener Café und die Zigaretten. Ich sehe die Schachteln in diesem Augenblick vor mir. Aber weit deutlicher sehe ich *Dich* vor mir, als könnte ich die Hand ausstrecken und Deine Brust berühren.

War Lawrence an jenem Abend nicht furchtbar nett. Ah, man muss Lawrence immer dafür lieben, wie er ›ist‹. Ich könnte auch Frieda lieben, heute Abend, in ihrem bayrischen Kleid, das Gesicht gerötet, als hätte sie über die ›Kind*er*en‹ geweint.[106] Es ist eine Schande, dass alles vergehen muss. Und wie seltsam es ist, dass es trotz allem gewisse Menschen gibt, wie Lawrence, die auf immer im eigenen Leben bleiben, und andere, die für immer schattenhaft sind.

Du, zum Beispiel, bist auf diese Weise ein Teil meines Lebens. Man könnte ›unsterblich‹ sagen. Ich meine, nur einmal angenommen, es gäbe Unsterblichkeit, wäre es überhaupt nicht seltsam, wenn sich plötzlich eine Tür öffnete und wir uns träfen und hinsetzten, um Tee zu trinken. So wird es für mich immer sein. Das ist kein eitles Gerede. Falls es Dir im kleinsten Atom ein Trost ist zu wissen, dass es eine gibt, die Dich liebt und an Dich denkt (ohne dass auch nur ein Schatten an Verantwortung oder irgendetwas, was nicht absolut ›simpel‹ ist, damit verbunden wäre), denk bitte daran, Du hast

Für immer

Katherine.

Und keine Antwort ist erforderlich, lieber Freund. Das ist *ernst* gemeint.

1922

MITTWOCH. 25. JANUAR

[...] Wir sprachen heute über die Persönlichkeit der Katze & sagten, eigentlich müssten wir es aufschreiben. Es stimmt, er ist so real geworden, als könne er sprechen. Ich habe das Gefühl, dass er tatsächlich spricht und dass es, wenn er schweigt, nur darum geht, sein Nessel[?][107]-Hemd zu nähen, und er wird anfangen. Vielleicht der bezauberndste Anblick ist der, wie er seine Fidel spielt, mit Wolle als Saiten, oder vor dem Piano sitzt & Nelly Bly[108] spielt. Aber seine geliebte Isbel, sein komplettes kleines Leben Seite an Seite mit unserem, sollte erzählt werden. Allerdings werde ich es nie erzählen.

MONTAG, 30. JANUAR

Sonntagnacht sind gewaltige Mengen Schnee gefallen. Montag war der erste *wirklich* perfekte Wintertag. Es schien, als erreichte Bogeys und mein Glück an diesem Tag seinen Höhepunkt. Wir hätten nicht glücklicher sein können; das war das Gefühl. Zum Beispiel, als wir einen Moment auf dem Schlafzimmerbalkon saßen, oder im Schlitten durch die Massen aufgetürmten Schnees fuhren. Dazu sah er so schön aus, wie er, hutlos, die Hand in der Tasche, umherschlenderte. Er wog sich. 10 Stone [63,5 kg]. Im Wartezimmer gab es ein Harmonium. Dann verabschiedete ich mich nach einem schnellen, aber nicht hastigen Kuss …

FREITAG, 10. FEBRUAR

[…] Ich darf das lange Gespräch nicht vergessen, das Ida & ich neulich abends über *Hass* führten. Was ist Hass? Wer hat ihn auch nur beschrieben? Wieso empfinde ich ihn für sie? Sie sagt: Es liegt daran, dass ich nichts bin, ich habe all meine Wünsche zu einem solchen Ausmaß unterdrückt, dass ich jetzt keine mehr habe. Ich denke nicht. Ich fühle nicht. Ich antworte: Wenn man dich umsorgen, eine Woche lang lieben würde, würdest du dich erholen. Und das stimmt, und ich würde es gern tun. Wie es scheint, sollte ich es tun. Aber ich tue es nicht. Das Verwunderliche ist, dass sie versteht. Niemand sonst auf der Welt würde verstehen. Die ganze Woche lang hatte sie ihre kleine Ecke. Ich darf heute Abend doch in meine kleine Ecke kommen, fragt sie schüchtern. Und ich antworte – so kalt, so zynisch – wenn du möchtest. Aber was würde ich tun, wenn sie nicht

käme! ..

An Ida Baker

[Victoria Palace Hotel, Rue Blaise Desgoffe,
Rue de Rennes]
Dienstag.
[14. März 1922]

[…] Aber geh nicht in die Luft und schimpfe ›sehr nett von Dir, das alles zu arrangieren und mein Leben auf diese Weise zu verplanen merci pour la langouste‹. Ich tue es nicht. Ich rede nur ins Blaue hinein – um Dich zu halten – ja, das gestehe ich ein, und die Dinge einfach zu machen, glücklich, gut, angenehm. Denn wir *müssen* glücklich sein. Kein Misslingen. Keine Notbehelfe. Seliges Glück. Alles andere ist irgendwie abscheulich. […]

Immer Deine
K.M.

An Ida Baker

[Hotel d'Angleterre, Montana-sur-Sierre, Valais]
[7. Juni 1922]

Das hier ist eine Kurzversion & das Ergebnis von *Wochen* des Nachdenkens.
Ida

Wenn Du nicht schon für den Sommer verplant bist – hör mir zu.[109] Es funktioniert nicht. Ich bin fast genauso krank, wie ich es nur je war, in jeder Hinsicht. Ich möchte Dich bei mir haben, wenn Du zu mir kommen kannst. Aber *folgendermaßen*. Wir müssten Jack hinters Licht führen. J. darf *nie* erfahren, was ich tun muss. Er hilft mir so gut er kann, aber er kann mir nicht wirklich helfen & das Ergebnis ist, dass ich meine ganze Energie – jedes bisschen – darauf verwende, mich über Wasser zu halten. Für die Arbeit bleibt keine übrig. Ich bin mit meiner ganzen Arbeit im Verzug & *kann sie nicht erledigen*. Ich starre einfach nur in den Himmel und bin sogar zu müde, um zu denken. Was macht mich müde? Aufzustehen, mich um alles zu kümmern, alles zu arrangieren, ihn zu schonen, und so weiter. Die Reise hat mich buchstäblich fast umgebracht. Er hatte nicht die geringste *Ahnung*, wie sehr ich litt, und konnte nicht verstehen, wieso ich ›so furchtbar‹ aussah & wieso alle zu denken schienen, ich sei schrecklich krank. Jack kann *niemals* verstehen. Das ist offensichtlich. Daher müssten wir, wenn ich Dich vielleicht vielleicht bitten kann, mir zu helfen, folgendermaßen vorgehen. Es müsste ganz und gar von Dir kommen. Ich werde einen Brief aufsetzen & Dir für den Fall der Fälle schicken. Falls Du einverstanden bist, schreib ihn an mich. Es ist nicht falsch, das zu tun. Es ist richtig. Ich will es schon seit Langem. Ich habe das Gefühl, nicht ohne Dich leben zu können. Aber natürlich werden wir versuchen müssen, anders zu leben.

Liebe Ida, ich kann nichts versprechen – oder vielmehr, ich kann nur versprechen. Wenn Du nicht ›ehrenhaft‹ akzeptieren kannst, was ich vorschlage – lass es sein. Aber ich muss den Vorschlag machen; ich muss den Versuch wagen.

Immer Deine
K.M.

An S. S. Koteliansky

Hotel d'Angleterre/Randogne-sur-Sierre/(Valais) Suisse.
[17. Juni 1922]

Koteliansky

Hättest Du Interesse an einer Katze? Ich habe einen Kater, der zur Zeit in England ist und kann ihn nicht bei mir haben. Es ist zu grausam, Katzen zum Reisen zu zwingen. Er ist ein wunderschönes Tier, bis auf einen Kratzer auf der Nase, einem übel angebissenen Ohr und einem kleinen Loch im Kopf. Von hinten betrachtet ist er jedoch wunderschön, denn er hat einen superben Schwanz. In seiner ganzen Art kann man sich darauf verlassen, dass er sich wie ein Gentleman verhält. Er ist extrem unabhängig und versteht natürlich alles, was man zu ihm sagt. Vielleicht würde Mademoisel Guita ihn mögen?

Aber die Sache ist nicht dringend. Im Augenblick ist er bei Ida Baker. Sie würde ihn jedem in einem Korb übergeben. Aber ich *möchte* nicht, dass Du ihn nimmst. Ich meine, ich verlange nicht einen Augenblick, dass Du ihn nimmst. Natürlich nicht. Mir kam einfach nur der Gedanke, dass Du es vielleicht für eine nicht gänzlich unerfreuliche Idee halten könntest … ich muss gestehen, dass er sich weigert, Mäuse zu fangen. Aber da die Mäuse das nicht wissen, hält sein Anblick sie fern. Er verfügt über akzeptable Französischkenntnisse.

Es ist sehr nett hier, abgelegen, friedlich, aber nicht abgelegen genug. Es ist schwierig, das äußere Leben so zu organisieren, wie man es möchte. Ich arbeite nun schon seit Jahren auf eine Sache hin. Und sie liegt immer noch in weiter Ferne. Da ich noch nicht ohne ›Missverständnis‹ hingelangen kann, kann sie noch nicht mein sein. Aber sie kommt näher – viel näher. Doch ich möchte mich nicht ›vorsichtig‹ ausdrücken. Tatsächlich ist das verabscheuenswürdig.

Wechseln wir das Thema. Am Tag nach meiner Ankunft hier habe ich etwas unglaublich Nettes gesehen. Hinter diesem Hotel gibt es einen breiten Rasenstreifen, bevor man zum Wald kommt. Und am späten Nachmittag, als die Herden nach Hause getrieben werden, gerieten sie, als sie an diesen Rasen kamen, außer sich vor Entzücken. Gestandene schwarze Kühe begannen unter leisem Muhen zu tanzen und zu hüpfen und Luftsprünge zu machen. Lammfromme, vornehm wirkende kleine Schäfchen, die aussahen, als könnten sie kein Butterblümchen krümmen, konnten nicht widerstehen; sie begannen zu springen, sich im Kreis zu drehen, nach vorne zu stürzen wie Schaukelpferde. Was die Ziegen angeht, sie waren brillante Tänzer von höchstem Rang – das russische Ballett war nichts im Vergleich zu ihnen. Aber das Beste waren die Kühe. Kühe sehen nicht so aus, als wären sie sehr gute Tänzer, nicht wahr? Meine waren so leicht wie Federn und wirklich ausgelassen, voller Freude. Man musste lachen, wenn man sie sah. Und es war so schön. Es war wie eine Neuauflage des ersten Kapitels der Genesis. »Und das Vieh nach seiner Art.«[110] Man hätte weinen mögen.

Auf Wiedersehen mein teurer Freund

Katherine.

An J. M. Murry

[Hotel Chateau Belle Vue Sierre]
7.VIII.1922

Liebster Bogey

Seit Tagen trage ich mich damit, diesen Brief zu schreiben.[111] Mein Herz verhält sich auf so merkwürdige Weise, dass ich nicht glauben kann, dass es nichts zu bedeuten hat. Und deshalb werde ich, da ich es hassen würde, Dich unvorbereitet zurückzulassen, einfach versuchen niederzukritzeln, was mir in den Sinn kommt. All meine Manuskripte hinterlasse ich allein Dir, Du kannst damit machen, was Du willst. Geh sie eines Tages durch, lieber Schatz, und vernichte alles, was Du nicht verwendest. Bitte vernichte alle Briefe, die Du nicht behalten willst & alle Papiere. Du kennst meine Ordnungsliebe. Mach reinen Tisch, Bogey, und sorg dafür, dass alles ordentlich ist – tust du das?

Bücher gehören natürlich Dir, & ebenso meine persönliche Habe. Vielleicht wäre es das Beste, wenn L.M. meine Kleider verteilt. Gib Deiner Mutter meinen Pelzmantel, ja? Chaddie & Jeanne sollen sich aussuchen, was sie wollen & ich nehme an, Vera möchte auch etwas haben. Meinen kleinen Perlenring – den ›Gänseblümchenring‹, würde ich gerne tragen. Den anderen gib bitte Richards [Richard: Murrys Bruder] Liebster, wenn Du sie kennst – wenn Du mit der Idee einverstanden bist.

Im Grunde genommen scheine ich nichts zu hinterlassen zu haben und niemandem, dem ich es hinterlassen könnte. Dela Mare[112] würde ich gern bedenken und Richard. Aber Du wirst allen, die wollen, ein Buch oder irgendeine Kleinigkeit geben … Gelder gehören natürlich alle Dir. Tatsächlich, mein liebster Liebster, hinterlasse ich alles Dir – dem geheimen Dir, dessen Lippen ich heute Morgen küsste. Trotz allem – wie glücklich wir gewesen sind! Ich habe das Gefühl, keine anderen Liebenden sind gemeinsam freudvoller über diese Erde gewandert – trotz allem.

Leb wohl, mein teurer Liebster.
Ich bin für immer und immer

Deine
Wig.

14. Oktober Ich habe heute Morgen so lange nachgedacht, bis es schien, als könnte ich die Dinge vielleicht klarer machen, wenn ich versuche aufzuschreiben … wo ich stehe.

Seit ich nach Paris kam, war ich so krank wie nur eh und je. Tatsächlich dachte ich gestern, ich würde sterben. Es ist keine Einbildung. Mein Herz ist so erschöpft und so eingeengt, dass ich nur bis zum Taxi und zurück gehen kann. Ich stehe mittags auf und gehe um halb sechs ins Bett. Ich versuche, schubweise zu ›arbeiten‹, aber die Zeit dafür ist vorbei. Ich kann nicht arbeiten. Seit April habe ich praktisch nichts getan. Aber wieso? Weil Manoukhins[113] Behandlung mein Blut zwar verbesserte und mich gesund aussehen ließ und eine gute Wirkung auf meine Lungen hatte, mein Herz aber keinen Deut besser machte, und ich habe diese Verbesserung nur dadurch erreicht, dass ich im Victoria Palace Hotel wie eine Leiche lebte.

Mein Geist ist so gut wie tot. Meine Lebensquelle ist so ausgetrocknet, dass sie praktisch versiegt ist. Fast meine ganze Besserung ist nur Schein – Schau. Was hat das alles mir gebracht? Kann ich gehen? Nur kriechen. Kann ich irgendetwas mit den Händen oder dem Körper tun? Nicht das Geringste. Ich bin eine absolut hoffnungslose Invalidin. Wie sieht mein Leben aus? Es ist das Leben eines Parasiten. Und fünf Jahre sind inzwischen vergangen, und meine Fesseln sind enger denn je zuvor.

Ah, das Schreiben macht mich bereits etwas ruhiger. Dem Himmel sei Dank für das Schreiben! Ich habe so schreckliche Angst vor dem, was ich tun werde. Alle Stimmen aus der ›Vergangenheit‹ sagen ›Tu es nicht‹. Bogey sagt ›M. [Manoukhin?] ist Wissenschaftler. Er tut seinen Teil. Nun ist es an dir, deinen zu tun.‹ Aber das bringt überhaupt nichts. Ich kann meine Psyche ebenso wenig kurieren wie meinen Körper. Eher weniger, scheint es mir. Bogey selbst hingegen, absolut gesund und wohlauf, verfällt schließlich wegen eines Furunkels an seinem Hals in tiefste Depression. Denk an fünf Jahre Gefangenschaft. Jemand muss mir helfen auszubrechen. Wenn das ein Eingeständnis von Schwäche ist – ist es das eben. Aber nur Mangel an Phantasie nennt es so. Und wer wird mir helfen? Denk an die Schweiz: ›Ich bin hilflos.‹ Natürlich ist er das. Ein Gefangener kann einem anderen nicht helfen. Glaube ich an die Medizin allein? Nein, niemals. An die Wissenschaft allein? Nein, niemals. Es kommt mir kindisch und lächerlich vor anzunehmen, dass man geheilt werden kann wie eine Kuh, *wenn man keine Kuh ist*. Und da habe ich, all diese Jahre, nach jemandem gesucht, der mir zustimmt. Ich habe von Gurdjieff[114] gehört, der mir nicht nur zuzustimmen, sondern unendlich mehr darüber zu wissen scheint. Wieso zögern?

Aus Angst. Angst wovor? Läuft es nicht auf die Angst hinaus, Bogey zu verlieren? Ich glaube, das tut es. Aber, guter Gott! Sieh den Dingen ins Gesicht. Was hast du jetzt von ihm? Wie sieht eure Beziehung aus? Er redet mit dir – manchmal – und geht dann weg. Er denkt zärtlich an dich. Er träumt von einem Leben mit dir, *eines Tages*, wenn das Wunder eingetreten ist. Du bist für ihn als Traum wichtig. Nicht als lebende Realität. Denn du bist keine. Was teilt ihr miteinander? Fast nichts. Und doch ist da ein tiefes, süßes, zärtliches Fluten der Gefühle in meinem Herzen, das Liebe zu ihm und Sehnsucht nach ihm ist. Aber was bringt das, so wie die Dinge stehen? Ein Zusammenleben mit mir, wenn ich krank bin, ist nur Tortur mit glücklichen Momenten. Aber es ist kein Leben. Ich habe während meiner ganzen Krankheit versucht (mit ein oder zwei desaströsen Ausnahmen) ihn daran zu hindern, dem, was geschieht, offen ins Gesicht zu sehen. Ich hätte versuchen sollen, ihn dazu zu bringen, sich den Realitäten zu stellen. Aber ich konnte nicht. Das Ergebnis ist, dass er mich nicht kennt. Er kennt nur Wig-die-eines-Tages-wieder-gesund-sein-wird. Nein. Du weißt, dass Bogey und du nur eine Art Traum von dem seid, was sein könnte. Und dieses Könnte-sein kann nie wahr werden, es sei denn, du bist gesund. Und du wirst nicht gesund werden, indem du es dir ›vorstellst‹ oder ›abwartest‹

oder versuchst, dieses Wunder selbst zustande zu bringen.

Daher – wenn der Großlama von Tibet verspräche, dir zu helfen – wie kannst du da zögern? Riskieren! Alles riskieren! Kümmere dich nicht mehr um die Meinung anderer, um diese Stimmen. Tu das Schwerste auf der Welt für dich. Handele selbst. Stell dich der Wahrheit.

Sicher, Tschechow hat es nicht getan. Ja, aber Tschechow ist gestorben. Und lass uns ehrlich sein. Wieviel wissen wir aus seinen Briefen über Tschechow? War das alles? Natürlich nicht. Denkst du nicht, er hatte ein ganzes sehnsüchtiges Leben, über das es kaum ein Wort gibt? Dann lies die letzten Briefe. Er hat die Hoffnung aufgegeben. Wenn du diese letzten Briefe von Sentimentalität befreist, sind sie schrecklich. Es gibt keinen Tschechow mehr. Die Krankheit hat ihn verschluckt.

Aber vielleicht ist das alles für Leute, die nicht krank sind, reiner Unsinn. Sie haben diese Straße nie bereist. Wie können sie sehen, wo ich stehe? Umso mehr Grund, mutig allein vorwärts zu gehen. Das Leben ist nicht einfach. Trotz allem, was wir über das Mysterium des Lebens sagen, wollen wir es, wenn es hart auf hart kommt, so behandeln, als wäre es ein Kindermärchen …

Also, Katherine, was verstehst du unter Gesundheit? Und wozu willst du sie?

Antwort: Unter Gesundheit verstehe ich die Fähigkeit, ein volles, erwachsenes, lebendiges, atmendes Leben zu führen, in engem Kontakt mit allem, was ich liebe – der Erde und ihren Wundern – dem Meer – der Sonne. Alles, was wir meinen, wenn wir von der äußeren Welt sprechen. Ich möchte in sie eintreten, Teil davon sein, darin leben, daraus lernen, alles abwerfen, was in mir oberflächlich und angelernt ist und ein bewusstes, direktes menschliches Wesen werden. Ich will, indem ich mich selbst verstehe, andere verstehen. Ich will alles sein, was zu werden ich fähig bin, so dass ich (und hier habe ich angehalten und gewartet und gewartet, und es hat keinen Sinn – es gibt nur einen Ausdruck, der geeignet ist) *ein Kind der Sonne* sein kann. Und wenn es darum geht, anderen zu helfen, ein Licht zu tragen und so weiter, scheint es falsch, auch nur ein Wort zu sagen. Belassen wir es dabei. *Ein Kind der Sonne.*

Und dann will ich *arbeiten*. Woran? Ich will so leben, dass ich mit meinen Händen und meinem Gefühl und meinem Verstand arbeite. Ich will einen Garten, ein kleines Haus, Gras, Tiere, Bücher, Bilder, Musik. Und daraus, aus dem Ausdruck all dessen, will ich schreiben. (Auch wenn ich vielleicht über Kutscher schreibe. Das spielt keine Rolle.)

Aber das warme, eifrige, lebendige Leben – im Leben verwurzelt sein – lernen, sich danach sehnen zu wissen, zu fühlen, zu denken, zu handeln. Das ist es, was ich will. Und nichts Geringeres. Das ist es, wonach ich streben muss.

Ich habe das hier für mich selbst geschrieben. Ich werde nun riskieren, es an Bogey zu schicken.

Er soll damit machen, was er will. Er muss sehen, wie sehr ich ihn liebe.

Und wenn ich sage ›Ich habe Angst‹ – lass dich davon nicht beirren, liebstes Herz. Wir alle haben Angst, wenn wir in Wartezimmern sitzen. Und doch müssen wir über sie hinausgelangen, und wenn der andere ruhig bleiben kann, ist das alle Hilfe, die wir einander geben können. […]

Das alles klingt sehr angestrengt und ernst. Aber jetzt, wo ich damit gerungen habe, ist es das nicht mehr. Ich bin glücklich – tief innen. Mögest du auch glücklich sein.

Am Montag fahre ich nach Fontainbleau und werde Dienstagabend oder Mittwochmorgen *wieder hier* sein. *Alles ist gut*.

Zeittafel

1839 *21. Januar*: Margaret Isabella Mansfield als Tochter des aus Liverpool eingewanderten Gastwirts Samuel Mansfield in Sydney geboren.

1848 Arthur Beauchamp emigriert zwanzigjährig von Highgate nach Sydney, wo sein Bruder Henry sich bereits einen Namen als wohlhabender Schiffskaufmann gemacht hatte.

1854 Arthur Beauchamp heiratet Mary Elizabeth Stanley, die Tochter eines Silberschmieds aus Preston, Lancashire.

1855 Margaret Isabella Mansfield heiratet Joseph Dyer, Sohn des Rev. John Dyer aus London.

1858 Harold Beauchamp in Ararat geboren. 1861 zieht die Familie nach Neuseeland.

1864 Annie Burnell Dyer in Sydney geboren. Auch ihre Familie zieht nach Neuseeland.

1866 Henry Beauchamps Tochter Mary Annette, später »Elizabeth« von Arnim, in Sydney geboren.

1877 Tod von Joseph Dyer.

1884 Harold Beauchamp heiratet in Wellington Annie Dyer. Ihre Mutter und die unverheirateten Schwestern Kitty und Belle ziehen zu dem jungen Paar.

1885 Geburt von Vera Beauchamp.

1887 Geburt von Charlotte (Chaddie) Beauchamp.

1888 *14. Oktober*: Kathleen Mansfield Beauchamp in Wellington, Tinakori Road 11 geboren.

1889 Kathleens »erste Reise« nach Picton, wo die Großeltern väterlicherseits wohnten.

1890 Gwendolyn Burnell Beauchamp geboren, sie stirbt nach knapp drei Monaten am 9. Januar 1891.

1892 Jeanne Beauchamp geboren.

1893 Die Beauchamp-Familie zieht nach Karori in das Haus »Chesney Wold«.

1894 *21. Februar*: Leslie Heron Beauchamp geboren.

1895 Kathleen wird in die Dorfschule von Karori eingeschult, wo sie 1897 den Aufsatzpreis mit ihrer Geschichte *A Sea Voyage* gewinnt.

1898 *März-November*: Harold und Annie Beauchamp in England.
25. Mai: Kathleen beginnt ihre Ausbildung am Wellingtoner Mädchengymnasium.
September: *Enna Blake*, von Kathleen Beauchamp, 9 Jahre alt, wird im *High School Reporter* veröffentlicht.
November: Nach Rückkehr von Harold und Annie Beauchamp zieht die Familie wieder nach Wellington in die Tinakori Road 75.
Dezember: Harold Beauchamp wird durch den Premierminister zum Direktor der Bank von Neuseeland ernannt.

1899 *Juni-Ende 1902*: Vera, Chaddie und Kathleen besuchen die Privatschule von Miss Swainson, in der Kathleen die Maori-Schönheit Maata Mahupuku kennenlernt.

1902 Kathleen lernt den ein Jahr jüngeren Cellisten Arnold Trowell kennen.

1903 *29. Januar*: Die Familie Beauchamp an Bord der *Niwaru* in Richtung England.
April: Kathleen und ihre beiden älteren Schwestern beginnen mit ihren Studien im Londoner Queen's College. Am Tag ihrer Ankunft lernt Kathleen ihre ihr lebenslang treu ergebene Freundin Ida Baker kennen, die sie neben vielen anderen Namen Lesley Moore = L.M. nennt.
17. Oktober: Kathleen besucht Arnold Trowell und seinen Zwillingsbruder Garnet in Frankfurt am Main, wo die beiden am Hochs'schen Konservatorium studieren.
10. November: Harold und Annie Beauchamp reisen mit Jeanne und Leslie nach Neuseeland zurück. Tante Belle bleibt in London, um ein Auge auf die Nichten zu haben.
Dezember: Die Weihnachtsferien verbringen die drei Mädchen bei Elizabeth von Arnims Eltern Henry und Elizabeth Beauchamp in Bexley, Kent.

1904 Kathleen veröffentlicht im *Queen's College Magazine* die Erzählungen *Die Einsame* und *Your Birthday.*

1905 *One Day* und *About Pat* wird im *Queen's College Magazine*, dessen Herausgeberin Kathleen inzwischen ist, veröffentlicht.

1906 *Ostern*: Mit Tante Belle reisen die drei Mädchen nach Brüssel, wo sie die Trowell-Zwillinge besuchen.
Juni: Kathleen und ihre Schwestern verlassen das Queen's College. Eine ihrer Lehrerinnen schenkt ihr ein Tagebuch.
Oktober-6. Dezember: Rückreise nach Neuseeland.
31. Dezember: Granny Dyer stirbt mit 67 Jahren, ohne dass Kathleen sie noch einmal besucht hat.

1907 *März*: Mrs. Beauchamp gibt eine Gartenparty, deren Umstände Katherine Mansfield später zu ihrer Erzählung *Das Gartenfest* inspirierten.
April: Kathleen verliebt sich erneut in Maata Mahupuku,

um sich anschließend in eine kurze Affäre mit der Illustratorin Edith Bendall zu stürzen.
Mai: Nach der Beförderung von Harold Beauchamp zum Aufsichtsratsvorsitzenden der Bank zieht die Familie um nach Fitzherbert Terrace Nr. 47.
September: Die Zeitschrift *Native Companion* in Melbourne akzeptiert eine Reihe von Kurzgeschichten, die Mansfield dort eingereicht hat. Sie werden im Oktober, November und Dezember publiziert und bringen ein Honorar von 2 Pfund ein.
15. November-18. Dezember: Campingreise durch den Norden Neuseelands.

1908 *Juli*: Kathleen Mansfield Beauchamp verlässt Neuseeland für immer.
September: Kaum in London angekommen, verliebt sich Kathleen in Garnet Trowell. Die Erzählungen *The Education of Audrey* und *Rosabells Müdigkeit* entstehen.

1909 *2. März*: Kathleen Mansfield Beauchamp heiratet George Bowden, verlässt ihn noch am selben Abend und schließt sich Garnet Trowells Musiktruppe an, die in Glasgow und Liverpool auf Tournee ist.
27. Mai: Mrs. Beauchamp erreicht London. Nach Klärung der Lage verfrachtet sie ihre schwangere Tochter nach Bad Wörishofen in Bayern.
Juni/Juli: Kathleen erleidet eine Fehlgeburt.
August: Mrs. Beauchamp streicht Kathleen aus ihrem Testament.
September: Kathleen lernt den Polen Floryan Sobieniowski kennen, der sie mit Gonorrhö infiziert.
23. September: Vera Beauchamp heiratet den Kanadier James Mackintosh Bell.

1910 *Januar*: Kathleen kehrt nach London zurück. Bowden stellt den Kontakt zu A.R. Orage, dem Herausgeber der kulturpolitischen Zeitschrift *New Age*, her.

24. Februar: Die Erzählung *Das Kind-das-müde-war* wird bei *New Age* veröffentlicht, im März folgt *Deutsche beim Fleisch.*
März: Nach einem operativen Eingriff gelangt die Infektion in die Blutbahn, die Folgekrankheiten schwächen ihr Immunsystem später derart, dass sie schließlich der Tuberkulose keine Abwehrkräfte entgegenzusetzen hat.
Juli: Weitere Veröffentlichungen der bayerischen Geschichten im *New Age*, nun endgültig unter dem Namen Katherine Mansfield (K.M.).

1911 *April*: Ida Baker reist nach Rhodesien zu ihrem Vater. Für die erneut schwangere K.M. hinterlässt sie ein Bankkonto mit 60 Pfund.
Mai: Zur Krönung von Georg V. reisen K.M.s Mutter, Schwestern und der Bruder an. Im *New Age* erscheint die Erzählung *Ein Geburtstag.*
August: Ida Baker trifft sich mit K.M. in Genf, von dem Baby ist keine Rede mehr.
Dezember: K.M.s erster Erzählungsband erscheint bei Stephen Smith: *In einer deutschen Pension.*
K.M. trifft erstmals den Herausgeber der Zeitschrift *Rhythm,* John Middleton Murry.

1912 *11. April*: J.M. Murry zieht als Untermieter bei K.M. ein; nach kurzer Zeit werden sie ein Liebespaar. K.M. wird als Mitherausgeberin im Impressum von *Rhythm* genannt.
Oktober: K.M.s Verleger Stephen Smith, der inzwischen *Rhythm* übernommen hat, setzt sich als gesuchter Bigamist ins Ausland ab. Er hinterlässt Murry die Verantwortung für die Schulden der Zeitschrift.

1913 *Mai*: Eine Umbenennung der Zeitschrift *Rhythm* in *Blue Review* bringt trotz guter Mitarbeiter keinen Umsatzschub. Nach drei Ausgaben ist die Zeitschrift am Ende.
Juni: Erstes Treffen mit D.H. Lawrence und Frieda von Richthofen.

Dezember: Umzug nach Paris. K.M. lernt Francis Carco näher kennen.

1914 *Februar*: K.M. und Murry ziehen wieder nach London.
März: Ida Baker verlässt England und zieht für zwei Jahre zu ihrem Vater nach Rhodesien.
Juli: Lawrence und Frieda heiraten.
August: Beginn des Ersten Weltkrieges. Murry wird wegen Verdachts auf Tb freigestellt.
Oktober: Umzug nach Cholesbury in die Nähe der Lawrences, wo sie S.S. Koteliansky kennenlernen.
Dezember: Beginn der Affäre mit Francis Carco.

1915 *Februar*: K.M. reist über Paris ins Kriegsgebiet nach Gray, um Carco zu treffen. Ende des Monats ist die Affäre vorbei und K.M. wieder in Cholesbury.
18.-31. März: K.M. arbeitet in Paris in Carcos Wohnung.
Mai: K.M. wiederum in Paris. Sie schreibt die Erzählungen *Frühlingsbilder* und *Die kleine Gouvernante.*
Juni: Umzug in die Acacia Road.
Herbst: Leslie Beauchamp besucht während seiner Offiziersausbildung mehrfach seine Schwester. K.M. schreibt darauf die Erzählung *Der Wind weht*, die in der von Murry und Lawrence gegründeten Zeitschrift *Signature* publiziert wird.
Oktober: Leslie Beauchamp stirbt bei einer Handgranatenübung in Frankreich.
November: K.M. und Murry reisen nach Südfrankreich.

1916 *Januar-März*: Murry und K.M. leben in der Villa Pauline in Bandol.
April: Umzug in die Nachbarschaft der Lawrences nach Zennor in Cornwall, wo sie bis Juni bleiben, um dann weiter nach Mylor zu ziehen.
Juli: K.M. besucht Lady Ottoline Morrell auf ihrem Landsitz in Garsington und lernt Lytton Strachey, David Gar-

nett und andere Mitglieder aus dem Umkreis der Bloomsbury-Group kennen.
August: Murry nimmt eine Stelle als Übersetzer im Kriegsministerium an. K.M. lernt in Garsington die Malerinnen Dorothy Brett und Dora Carrington kennen.
September: Die Murrys ziehen zusammen mit Brett und Carrington in die Gower Street, Bloomsbury. Ida Baker kehrt aus Rhodesien zurück und wird bei einer Flugzeugfabrik kriegsdienstverpflichtet.
November: K.M. lernt Bertrand Russell kennen. Auch eine erste Begegnung mit Virginia Woolf findet statt.

1917 K.M. zieht ohne Murry in London in die Church Street.
April: Leonard und Virginia Woolf installieren ihre Druckpresse. Virginia fragt K.M. nach einer Erzählung für die Hogarth Press. Seither treffen sie sich häufig, und K.M. nimmt später im Jahr ihre Arbeit an *Prélude* wieder auf.
Oktober: Im *New Age* erscheint die Erzählung *Eine Dillgurke*.
Dezember: K.M. erkrankt an Tuberkulose. Ihr Arzt rät dringend, in den Süden zu fahren.

1918 *Januar*: K.M. reist nach Bandol, Ida Baker folgt im Februar, um sie zu pflegen. Sie kehren im April nach London zurück.
3. Mai: Standesamtliche Trauung von K.M. und J.M. Murry.
17. Mai: K.M. zieht nach Looe, Cornwall ins Headland Hotel.
Juli: Umzug nach London in die Redcliffe Road.
Juli: In der Hogarth Press erscheint K.M.s lange Erzählung *Prélude*.
8. August: K.M.s Mutter stirbt in Wellington.
August: *Glückseligkeit* wird in der *English Review* veröffentlicht. Ende des Monats ziehen die Murrys nach Hampstead.

Oktober: Unabhängig voneinander empfehlen zwei Tb-Spezialisten K.M., in ein Sanatorium zu gehen, was sie ablehnt.

1919 *Februar*: Murry wird zu einem Jahresgehalt von 800 Pfund Herausgeber der Zeitschrift *Athenaeum*, in der K.M. regelmäßig erscheinende Buchbesprechungen veröffentlicht.
Mai-Juli: Virginia Woolf besucht K.M. mehrmals.
September: K.M. verlässt mit Ida Baker England, um den Winter an der italienischen Adria in Ospedaletti zu verbringen. Vor der Abreise hinterlegt sie ihr Testament bei der Bank.

1920 *Februar*: K.M. zieht zu ihrer Cousine Connie Beauchamp nach Menton. *Je ne parle pas français* erscheint in der Heron Press.
März: *Der Mann ohne Temperament* wird bei *Art and Letters* veröffentlicht.
April-August: K.M. lebt in London, veröffentlicht Kurzgeschichten im *Athenaeum* und trifft sich u. a. mit Virginia Woolf und ihrer Cousine Elizabeth von Arnim.
September: Abreise (zusammen mit Ida Baker) nach Menton in die Villa Isola Bella.
November: K.M. schreibt *Der Fremde*, und *Miss Brill* wird bei *Athenaeum* publiziert.
Dezember: Veröffentlichung des Erzählungsbandes *Glückseligkeit.*

1921 *Februar*: Murry zieht zu K.M. in die Villa Isola Bella.
Mai: K.M. und Ida Baker reisen in die Schweiz nach Clarens-Montreux, Murry fährt nach Oxford, um eine Vorlesungsreihe zu halten.
Juni: Murry und K.M. ziehen in das Chalet des Sapins in Montana-sur-Sierre. In der Nähe lebt ihre Cousine Elizabeth von Arnim.
August: K.M. schreibt *An der Bucht, Die Seereise* und *Geschichte eines verheirateten Mannes.*

Oktober: K.M. beendet die Erzählung *Das Gartenfest*, die die Titelerzählung ihres neuen Buches sein soll, und *Das Puppenhaus.* Durch Koteliansky erfährt sie von Dr. Manoukhin, der in Paris Tb durch Bestrahlungen der Milz behandelt.
Dezember: *Ehe à la Mode* erscheint in der Zeitschrift *Sphere.*

1922 *Januar*: In manchmal nur wenigen Stunden entstehen die Erzählungen *Das Taubennest, Eine Tasse Tee* und *Den Schleier nehmen.* Am 30. Januar fahren K.M. und Ida Baker nach Paris, um Dr. Manoukhin zu konsultieren.
Februar: Die Behandlungen bei Manoukhin beginnen. Die Sammlung *Das Gartenfest* erscheint im Verlag Constable, in der *Nation* wird *Die Fliege* veröffentlicht.
Mai: Um ihre Arztrechnungen bezahlen zu können, sagt K.M. der Zeitschrift *Sphere* eine neue Serie von Geschichten zu.
Juni: K.M. und Murry reisen zurück in die Schweiz nach Randogne-sur-Sierre. Sie bittet Ida Baker zu kommen, da Murry der Pflege seiner kranken Frau nicht gewachsen ist.
August: Ende des Monats berät sie sich mit Orage über die neuen Heilmethoden von George Gurdjieff.
Oktober: K.M. und Ida Baker reisen nach Paris, K.M. findet Aufnahme in Gurdjieffs Institut für die harmonische Entwicklung des Menschen in Fontainebleau.

1923 *9. Januar*: Murry besucht K.M. im Institut. Sie stirbt am selben Abend.

Anmerkungen

1903

1 Sylvia Payne (1887–1949), K.M.s Cousine, war eine der drei Töchter des Arztes Joseph Frank Payne, die ebenfalls im Queens College unterrichtet wurde. Ihre Großmutter, Eliza Dyer, war die Schwester von K.M.s Großvater mütterlicherseits.

2 The Retreat, das Haus von K.M.s Großonkel Henry Herron Beauchamp (1825–1907), Vater der damals schon berühmten Schriftstellerin Elizabeth von Arnim.

3 Thomas oder Tom Trowell (der sich Arnold nannte), ein neuseeländischer Cellist, in den sich K.M. 1902 verliebt hatte und den sie mehrere Jahre lang in ihrem Tagebuch schwärmerisch mit Caesar anredete. Er und sein Zwillingsbruder Garnet studierten 1903 in Frankfurt am Hochs'schen Konservatorium.

4 Tante Louie, die Frau von Henry Herron Beauchamp.

5 Der unabgeschickte Brief ist an Thomas (Arnold) Trowell gerichtet. (s. Anm. 3)

1907

6 Während die Schwestern Vera, Charlotte und Katherine in London die Schule besuchten, ließ ihr Vater, Harold Beauchamp (1858–1938), auf der dem Hafen von Wellington gegenüberliegenden Seite ein Cottage auf einer felsigen Landzunge (Downes Point, Day's Bay) bauen. Die Beauchamps nutzten es als Ferien-

haus. Erweitert und modernisiert wird es noch heute bewohnt.

7 Gemeint ist K.M.s Freundin Edith Bendall (1879–1985).

8 Unter der rassistischen Politik der neuseeländischen Regierung in den 1890er und frühen 1900er Jahren war es nicht unüblich, dass Kinder abergläubische Ängste vor »Chinesen« hatten.

9 Maata Mahupuku (1890–1952) war eine märchenhaft schöne und reiche Maoriprinzessin, die mit K.M. auf die gleiche Schule in Wellington gegangen war.

10 Entwurf eines Briefs an Thomas (Arnold) Trowell.

1908

11 Brief im Original deutsch. K.M. hatte am Queen's College in London Deutschunterricht gehabt.

12 Arthur Crosby war ein englischer Arzt, der in Wellington praktizierte.

13 K.M. spielt auf ihre ersten Veröffentlichungen in der Monatszeitschrift *Native Companion* an.

14 Die Swanwick-Society war der literarische Club am Queen's College.

15 Ethel Tudge, eine Mitschülerin K.M.s am Queen's College.

16 Nachdem Sylvias Vater seine Arztpraxis aufgegeben hatte, zog die Familie nach New Barnet, einen Vorort von London.

17 Sylvia Gifford war ebenfalls Schülerin am Queen's College.

18 Ein Buch mit Kinderversen, die Edith Bendall illustriert hatte. Es ist nie erschienen.

19 Leslie Heron (»Chummie«) Beauchamp (1894–1915), K.M.s einziger Bruder und der Jüngste der Familie.

20 Ida Baker (1888–1978), Tochter eines Arztes der indischen Armee, hatte ihre Kindheit in Burma verbracht.

K.M. lernte sie 1903 am Queen's College kennen und trug ihr recht schnell die Freundschaft an. In ihren Erinnerungen schrieb Ida Baker: »Ich zögerte, weil ich dachte, Freundschaft müsse sich allmählich entwickeln. Aber es dauerte nicht lange, bis ich einsah, dass ich ihre Freundin war und es für die nächsten zwanzig Jahre bleiben sollte.« Oft »LM« (»Lesley Moore«) genannt, und oft geradezu verhasst, war K.M. auf sie als Vertraute, Begleiterin, Haushaltshilfe und Sündenbock angewiesen. Ida Baker schrieb über ihre Freundschaft in: *Katherine Mansfield. The Memories of LM* (1971).

21 Chaddie = Charlotte Beauchamp, K.M.s Schwester.

22 Das Taedium vitae (lat.: *Lebensekel*, *Lebensüberdruss*) ist ein vom römischen Philosophen Seneca geprägter Begriff. *Taedium vitae* ist außerdem der Titel eines Gedichts von Oscar Wilde.

23 Marie Corelli war das Pseudonym der populären Schriftstellerin Mary Mackay.

24 Garnet Trowell (1889–1947), Toms (»Caesar«) Zwillingsbruder. Jahrelang hatte sie Tom aus der Ferne umschwärmt, aber kaum in London, übertrug sie ihre Zuneigung auf Garnet.

25 Die Pension Beauchamp Lodge hatte Harold Beauchamp für seine Tochter als Domizil ausgesucht.

26 Nach einer Woche in Liverpool sollte die Moody-Manners Company, eine fahrende Operngesellschaft, mit der Garnet auf Tournee war, nach Newcastle upon Tyne weiterreisen.

27 Doll, Dolly, war die jüngere Schwester der Trowell-Zwillinge.

28 Die Moody-Manners Company war nun in Edinburgh.

29 »nicht«, im Original deutsch.

30 Da geht die Begeisterung mit K.M. durch, eigentlich

sind es nur Frösche; und mit der Apollo-Grotte ist die Thetis-Grotte gemeint. (Anm. d. Übs.)

31 »verstehst Du«, im Original deutsch.

32 Mit der Moody-Manners Company nach Middlesbrough.

1913

33 John Middleton Murry (1889–1957), Kritiker, Herausgeber und Schriftsteller, den K.M. 1911 kennengelernt hatte und mit dem sie seit April 1912 zusammenlebte. Er gab die Zeitschrift *Rhythm*, später umbenannt in *Blue Review*, heraus; während des Krieges arbeitete er als Übersetzer für den militärischen Geheimdienst. Murry und K.M. heirateten im Mai 1918. Nach ihrem Tod gab er ihre Tagebücher und eine Auswahl aus ihren Briefen heraus.

34 Im Frühjahr 1913 wohnten Murry und K.M. in einem Cottage in Cholesbury. Murry fuhr die Woche über nach London, um seiner Arbeit bei der Zeitschrift *Blue Review* nachzugehen.

35 Charles Henry Gardon Campbell (1885–1963) war ein literaturbegeisterter irischer Anwalt. Er war ein enger Freund Murrys. K.M. hatte ihn 1911 kennengelernt. Später Baron Glenavy und Direktor der Bank von Irland. Seine Frau Beatrice wurde eine enge Freundin K.M.s.

36 Lesley Moore, oft zu L.M. abgekürzt – Spitzname für Ida Baker.

37 Ein Café in der Regent Street, ein beliebter Treffpunkt für K.M. und ihre Freunde.

38 ›57‹. Chancery Lane 57. Das Redaktionsbüro der *Blue Review*, in dem Murry auch wohnte.

39 Der Schriftsteller Gilbert Cannan (1884–1955), Mitarbeiter an Murry Zeitschrift *Rhythm*, später *Blue Review*, gab Murry und K.M. den Spitznamen »Die zwei

Tiger«, mit dem sie auch eine gemeinsame Rezension unterzeichneten. »Tig« oder »Wig« waren zwei von vielen Kosenamen, mit denen sie sich anredeten.

40 Murry hatte ihr eine Postanweisung über 35 Shilling geschickt.

41 Richard Curle, der Beträge für *Rhythm* schrieb und später Studien über Meredith und Conrad veröffentlichte.

42 ›Epilogue III: Bains Turcs‹ für die Juli Ausgabe 1913 von *Blue Review*. K.M. schrieb für jede Ausgabe der *Blue Review* einen »Epilog« – eigentlich eine Kurzgeschichte.

43 Mrs. Gom war die Zugehfrau.

1914

44 K.M. sah ihre Mutter nicht wieder.

1915

45 D.H. Lawrence wohnte mit seiner Frau Frieda ganz in der Nähe des Rose Tree Cottage, in dem K.M. und Murry von Oktober 1914 bis Anfang 1915 lebten. Samuel Koteliansky war ein Freund von Lawrence, der K.M. sehr verehrte.

46 Francis Carco (1886–1958), Schriftsteller und Freund Murrys seit Studientagen. Freundete sich mit K.M. während ihres Paris-Aufenthaltes im Winter 1913/14 an. Im Februar 1915 besuchte sie ihn im Kampfgebiet, hatte eine kurze Affäre mit ihm und wohnte in den folgenden Monaten in seiner Wohnung in Paris am Quai aux Fleurs 13. Er schieb über sie in seinem Roman *Les Innocents* (1915), K.M. porträtierte ihn in ihrer Erzählung *Je ne parle pas français* als Raoul Duquette.

47 Charles Palliser, ein neuseeländischer Bankier und Freund von K.M.s Vater, lebte damals in London. Mit

seiner Tochter Eileen Palliser, hatte sich K.M. am Queen's College ein Zimmer geteilt.

48 Unter abenteuerlichen Umständen war es K.M. gelungen, durch das französische Kriegsgebiet nach Gray zu reisen, wo sie sich mit Francis Carco traf, der dort stationiert war.

49 Francis Carco wurde in Noumea, Neukaledonien, geboren.

50 Leslie Haraold Beauchamp (1894–1915). K.M.s Bruder war, nachdem er einen Ausbildungskurs für Offiziere absolviert hatte, als Lieutenant dem South Lancashire Regiment – »The Prince of Wales's Volunteers« – zugeteilt worden. Während der Ausbildungsmonate sah er K.M. hin und wieder und in der dritten Augustwoche 1915 wohnte er bei ihr in der Acacia Road, als er einen Bombenlehrgang in Clapham Common besuchte. Im späten September wurde er nach Frankreich abkommandiert und kam am 7. Oktober 1915 bei einem Unfall mit einer Handgranate in Ploegsteert Wood in der Nähe von Armentières ums Leben.

51 Aufzeichnung eines Gesprächs zwischen K.M. und ihrem Bruder Leslie, geschrieben kurz nach seinem Tod.

52 Samuel Solomonowitsch Koteliansky, »Kot« genannt, (1882–1955). Ukrainischer Jude, der seit 1911 in England lebte und sich mit Übersetzungsarbeiten durchschlug. K.M. und er übersetzten zusammen die Briefe von Tschechow.

53 Nach dem Tod ihres Bruders wandte sich K.M. sowohl von Murry als auch von England ab und lebte von Mitte November bis Anfang April 1916 in Südfrankreich. Ende 1915 folgte Murry ihr nach Bandol, wo beide die glücklichsten Monate ihrer gemeinsamen elf Jahre verlebten.

54 Michael Farbmann. Russischer Journalist und Freund

von Koteliansky, zog mit seiner Frau Sophie als Nachmieter in das Haus an der Acacia Road ein. »Kot« wurde sein Untermieter und lebte bis zu seinem Tod in diesem Haus.

55 Sarah könnte eine Bedienstete gewesen sein, die sich um das Haus kümmerte.

56 George Bowden. K.M.s erster Ehemann.

57 Der Handgranatenunfall in Ploogsteert Wood, bei dem K.M.s Bruder ums Leben kam.

58 s. FN 53

59 Vgl. Markus, 9,24.

60 »Chummie« nannte die Familie K.M.s Bruder.

1916

61 Von Juni bis Ende August 1916 lebten die Murrys im Sunnyside Cottage in Mylor im südlichen Cornwall.

62 Um nicht eingezogen zu werden, brauchte Murry eine »kriegswichtige« Arbeit vor Ort. Am 1. September 1916 begann er seine Arbeit als Übersetzer im Kriegsministerium.

63 Peter Wilkins. Ein schwarzes Kätzchen.

64 Eine Bedienstete.

65 Bertrand Russell (1872–1970), britischer Philosoph und Mathematiker. Sein Buch *Principia Mathematica* (zus. mit Alfred N. Whitehead) gilt als eines der bedeutendsten Werke über die Grundlagen der Mathematik. Er erhielt 1950 den Nobelpreis für Literatur. Als K.M. ihn während des Ersten Weltkriegs kennenlernte, lehrte er am Trinity College, Cambridge. Sie interessierte ihn wegen »ihres sehr guten Geistes« und »ihrer grenzenlosen Neugier«.

1917

66 Lady Ottoline Morrell (1873–1938), Halbschwester des 6. Herzogs von Portland; sie heiratete 1902 Philip

Edward Morrell. Liberaler Parlamentsabgeordneter von 1906–18 und Erbe der Morrell-Brauerei. Ihr Haus Garsington Manor bei Oxford war ein Zentrum für Künstler, Schriftsteller und Intellektuelle.

67 Brett, The Hon. Dorothy (1883–1937), älteste Tochter des 2. Viscount Esher. Kunststudium an der Slade; lernte K.M. 1915 kennen. Sie war eine enge Freundin von Lady Ottoline Morrell und D.H. Lawrence. Von 1916–17 wohnten sie und K.M. zusammen in der Gower Street, auch bei K.M.s letztem Besuch in London 1922 wohnte sie bei ihr.

68 Virginia Woolf (1882–1941), Schriftstellerin und Kritikerin, die K.M. gegen Ende 1916 kennengelernt hatte. Es entwickelte sich eine erst zurückhaltende, dann aber echte Freundschaft. In der, zusammen mit ihrem Mann Leonard Woolf (1880–1969) gegründeten, Hogarth Press veröffentlichte sie 1919 K.M.s Erzählung *Prélude*.

69 Nach diesem Essen – das auf Dienstag, den 26. vorverlegt wurde –, schrieb Virginia Woolf am 27. Juni 1917 an ihre Schwester Vanessa Bell: »Ich hatte gestern Abend eine merkwürdige Unterhaltung mit K. Mansfield. Sie scheint seit sie 17 war alles Mögliche ausprobiert zu haben, was interessant ist; ich glaube auch, dass sie eine viel bessere Vorstellung vom Schreiben hat als die meisten.« (Letters of VW II, 159.)

70 Gemeint ist die Handpresse, die die Woolfs im März 1917 in ihrem Haus, Hogarth House, Richmond, installiert hatten und die der Anfang ihres Verlags, »The Hogarth Press«, war.

71 Virginia Woolf erholte sich zu dieser Zeit von einem kürzlichen Nervenzusammenbruch.

72 Henry Cavendish Bentinck (1863–1931), war zwar konservativer Parlamentsabgeordneter für South Nottingham, aber auch ein überzeugter Kriegsgegner.

73 Die erste Veröffentlichung der Hogarth Press im Juli 1917 war *Two Stories* – mit Leonard Woolfs *Three Jews* und Virginias *The Mark on the Wall.*

1918

74 Auf Anraten ihres Arztes verbrachte K.M. die ersten drei Monate des Jahres 1918 in Südfrankreich. Bei ihrer Rückkehr wurde sie durch die deutschen Luftangriffe auf Paris für weitere drei Wochen festgehalten.

75 Rib oder Ribni, K.M.s Lieblingspuppe, benannt nach Oberst Ribnikow aus einer Erzählung gleichen Namens von Alexander Kuprin (1870–1938), übersetzt von Koteliansky und Murry in *The River of Life and Other Stories* (1916).

76 William Shakespeare, *Venus und Adonis,* aus: Sämtliche Gedichte. Übersetzt von Ferdinand Freiligrath, 1849.

77 K.M.s Mutter, Annie Burnell Beauchamp, war am 8. August im Bowen Street Hospital in Wellington gestorben. Sie wurde vierundfünfzig Jahre alt.

1919

78 Am 22. März schrieb Virginia Woolf über einen Besuch bei K.M.: »Die undurchschaubare Frau bleibt undurchschaubar zu meiner Freude; keine Entschuldigungen, oder kein Gespür, daß Entschuldigungen fällig wären.« Tagebücher 1, S. 402f., deutsch von Maria Bosse-Sporleder, S. Fischer Verlag GmbH, Frankfurt am Main, 1990 (Anm. d. Übs.)

79 Charles Lamb beschrieb seine Gefühle als Kind vor seinem ersten Theaterbesuch in ›My First Play‹ in »Essays of *Elia*« (1823): ›Oh, wann werde ich wieder ein derart Erwartungsfroher sein! … Aber als wir hineinkamen und ich den grünen Vorhang gewahrte, der in meiner Vorstellung einen Himmel verhüllte, der

mir bald eröffnet werden sollte – die atemlosen Vorfreuden, die ich durchlebte!‹

80 Ihr Essay *Modern Novels*, *The Times Literary Supplement*, 10. April 1919, später als *Modern Fiction* in: *The Common Reader*, 1925. (*Moderne Romankunst:* in: *Der gewöhnliche Leser. 1*, deutsch von Helmut Viebrock, S. Fischer Verlag GmbH, Frankfurt am Main, 1989)

81 Der Kater Wingley, oder Wing – Bruder von Athenaeum. Möglicherweise hatte K.M. sich bei der der Geschlechtsbestimmung vertan, so dass aus April der Kater Wingley wurde.

82 Aus Sir Thomas Browne's *A Letter to a Friend*, veröffentlicht 1690. Der Brief war an einen Freund gerichtet, dessen »lieber Freund« im Alter von fünfunddreißig Jahren an der Schwindsucht gestorben war.

83 Von September 1919 bis Januar 1920 lebte K.M. mit ihrer Freundin Ida Baker in Ospedaletti an der italienischen Adria. Anschließend zog sie in die Villa Flora, das Haus ihrer Cousine Connie Beauchamp in Menton (Frankreich).

84 L.M. = Ida Baker.

85 »Nothing in my hand I bring, /Simply to thy Cross I cling«. Aus der dritten Strophe des Kirchenlieds »Rock of Ages« von A.M.Toplady.

86 Später wurde an den Rand dieser Zeilen die folgende Bemerkung geschrieben: »Wichtig! Für die Beichte.«

1920

87 Jinnie Fullerton. Eine Freundin ihrer Cousine Connie Beauchamp.

88 Dr Croft Hill, K.M.s Arzt in London, von dem sie und J. M. Murry sehr angetan waren.

89 William Shakespeare: *Das Wintermärchen*, 4. Akt, 4. Szene. Übersetzt von Dorothea Tieck, Philipp Reclam Jun., Stuttgart, 1974.

90 In seinem Brief vom 7. Februar gestand Murry »ein gewisses Maß echter Gefühllosigkeit meinerseits« ein und übernahm die Verantwortung für die Flut der Vorwürfe, mit denen K.M. ihn überschüttet hatte.

91 Eine nicht sehr biblische Empfindung, vielleicht basierend auf einer Erinnerung an Römer 3,8: »Und nicht vielmehr also tun, wie wir gelästert werden und wie etliche sprechen, daß wir sagen: ›Lasset uns Übles tun, auf daß Gutes daraus komme.‹«

92 In Murrys Brief, auf den K.M. hier antwortet, erinnerte er sie u. a. an »unseren alten Streit vor vielen Jahren wegen der Emaillelöffel.«

93 »Heron« verkörperte K.M.s Wunsch nach einem eigenen kleinen Cottage, wo sie und Murry als Schriftsteller leben und sich selbst versorgen würden.

94 Von September 1920 bis Mai 1921 lebte K.M. in der Isola Bella, einer kleinen Villa auf dem Grundstück ihrer Cousine Connie Beauchamp in Menton.

95 Murry hatte Stendhals *Rome, Paris et Florence* und *La Jeunesse de Stendhal* von Paul Arbolet in *Athenaeum*, 17. Sept. 1920, besprochen.

96 Ribni oder Rib, die Puppe.

97 Am 19. Dezember hatte Virginia Woolf geschrieben: ›Ich wünschte, Du wärst hier, um Deinen Triumph zu genießen – noch mehr, dass wir über Dein Buch [*Bliss and Other Stories* war bei Constable erschienen] reden könnten – Denn was hat es für einen Sinn Dir zu sagen, wie froh und in der Tat stolz ich bin?‹ (*The Question of Things Happening*. The Letters of Virginia Woolf 1912–1922, ed. Nigel Nicholson und Joannne Trautmann (1976), 422).

98 Das Sommerhaus der Woolfs zu der Zeit, als V.W. sich mit K.M. anfreundete. Im September 1919 zog sie nach Monks House, Rodmell, Sussex, um.

1921

99 Ida war ein paar Tage zuvor aus Menton abgereist und nach London gefahren, um den Auszug aus Portland Villas zu organisieren.

100 Vgl. Markus 8,32 (in der deutschen Bibel 8,36: Was hülfe es dem Menschen, wenn er die ganze Welt gewönne, und nähme an seiner Seele Schaden?«

101 Das Haus in Hampstead, ob seines grauen Anstrichs »The Elephant« genannt, in dem K.M. und Murry beinahe die längste Zeit zusammenwohnten.

102 K.M. denkt an den Wettstreit zwischen Arcite und Palamon in *Die Erzählung des Ritters* in den *Canterbury Erzählungen* von Geoffrey Chaucer.

103 vgl. Lukas 12,28.

104 vgl. Galater, 5,13.

105 Als K.M. und Murry Ende 1914 im Rose Tree Cottage, Great Missenden lebten und die Lawrences ein paar Meilen entfernt in Chesham.

106 Als K.M. die Lawrences 1913 kennenlernte, klagte Frieda oft über die Trennung von ihren Kindern, die sie bei ihrem Mann, Ernest Weekley, Französischprofessor an der Nottingham University, zurückgelassen hatte, als sie im Mai 1912 mit Lawrence durchbrannte.

1922

107 Anspielung auf das Märchen *Die wilden Schwäne* von Hans Christian Andersen, in dem die Schwester, ohne sprechen zu dürfen, Hemden aus Brennnesseln nähen muss, damit die Schwäne, ihre Brüder, wieder Menschen werden.

108 Nelly Bly: ein amerikanisches Kinderlied (1850)

109 Ida Baker hatte geplant, mit einer Freundin einen Teeladen zu eröffnen, verwarf den Plan aber auf der Stelle, um zu K.M. zurückzukehren.

110 K.M.s Erinnerung an 1. Mose 1, 25.

111 K.M. schickte den Brief nicht direkt an Murry, sondern hinterlegte ihn bei ihrer Bank. Er wurde Murry nach ihrem Tod übergeben.

112 Dela Mare: Walter de la Mare (1873–1950), Schriftsteller, wurde zur Zeit, als Murry die Zeitschrift *Rhythm* herausgab, ein Freund der Murrys.

113 Iwan Manoukhin, russischer Arzt, der eine Klinik in Passy leitete, in der er Tuberkulosepatienten mit Röntgenbestrahlungen der Milz behandelte. K.M. unterzog sich dieser Behandlung, die schmerzhaft, teuer und medizinisch sinnlos war.

114 George Ivanovich Gurdjieff (1872–1949) war ein russischer Wunderheiler, Choreograph, Mystiker und Komponist. Laut Gurdjieff wird der Mensch nicht mit einer unsterblichen Seele geboren, durch die richtige Art von spiritueller Arbeit kann diese Unsterblichkeit der Seele jedoch erlangt werden. 1922 errichtete er sein Institut für die harmonische Entwicklung des Menschen in La Prieuré des Basses Loges in Fontainebleau, sechzig Kilometer von Paris entfernt. K.M.s Freund Koteliansky redete ihr zu, sich von ihm helfen zu lassen.

Elsemarie Maletzke
Elizabeth Bowen

Eine Biographie

472 Seiten. Gebunden.
ISBN 978-3-89561-610-5

»Eine fulminante Biographie, die im Einzelnen die verzweigten Wege des Lebens nachzeichnet, die Städte und Stationen, die zahlreichen Männer, denen sich Elizabeth Bowen verbunden fühlte, die Schriftstellerfreundschaften – etwa die Beziehung zur großen Freundin Virginia Woolf oder zu der Amerikanerin Carson McCullers.«
Monika Melchert, Sächsische Zeitung

»Elsemarie Maletzke beschreibt in ihrer hervorragend recherchierten Biographie Teegesellschaften und Eifersuchtsdramen, amouröse Verbindungen und andauernde Abneigungen und macht so nicht nur die Schriftstellerin Elizabeth Bowen lebendig, sondern auch das ausgeprägte Partyleben englischer Künstler und Intellektueller in den 30er Jahren.«
Manuela Reichart, Deutschlandradio Kultur

Carson McCullers
Die Autobiographie

Illumination and Night Glare
Carson und Reeves McCullers
Kriegsbriefe 1944 – 1945
Herausgegeben und mit einer Einleitung
versehen von Carlos L. Dews
Aus dem Englischen von Brigitte Walitzek
Mit zahlreichen Abbildungen
384 Seiten. Gebunden.
ISBN 978-3-89561-609-9

»Eine bewegende Autobiographie.«
Spiegel special

»Ein großartiges Buch über die Einsamkeit
und die verzweifelte Suche nach Liebe.«
BRIGITTE

»Was das Buch so faszinierend macht,
sind die Briefe, die Carson und Reeves wechselten,
während er als Soldat im Zweiten Weltkrieg kämpfte.
Die hier erstmals veröffentlichten, mal zärtlichen, mal
besorgten, selten sachlichen Schreiben, die über den
Atlantik hin und her gingen, lassen nicht nur ein überaus
plastisches Bild der letzten Kriegsmonate entstehen.
Sie zeigen das Paar auch in einer Verbundenheit, deren
Grundbedingung offenbar die räumliche Trennung war.«
Tilman Spreckelsen, Frankfurter Allgemeine Zeitung

»Carson McCullers' Erinnerungen sind lesenswert und berührend, weil ihnen gerade das Unfertige, Fahrige, die Wiederholungen, Widersprüche und Sprünge große Authentizität verleihen. Noch anrührender sind die dem Buch beigefügten Briefe, die zwischen dem im Zweiten Weltkrieg in Europa kämpfenden Reeves und der in den USA um ihn bangenden Carson wechselten. Deren Briefe dokumentieren die unerträglichen Ängste um ihren Mann, während Reeves' nüchterne Schilderungen des schmutzigen Soldatenalltags zu den prägnantesten Beispielen ungeschönt-nüchterner Kriegsliteratur gehören.«

Thomas Schaefer, Hannoversche Allgemeine Zeitung

»Das Buch ist in der von der Autorin gewünschten Zusammenstellung ihrer Lebenserinnerungen, dem Briefwechsel mit ihrem Mann während des Zweiten Weltkrieges und dem Exposé zu *Das Herz ist ein einsamer Jäger* ein eindrucksvolles und gerade in seiner Widersprüchlichkeit spannendes und bewegendes Lebensdokument.«

Gisela Schinawa, Deutsche Welle

Schöffling & Co.